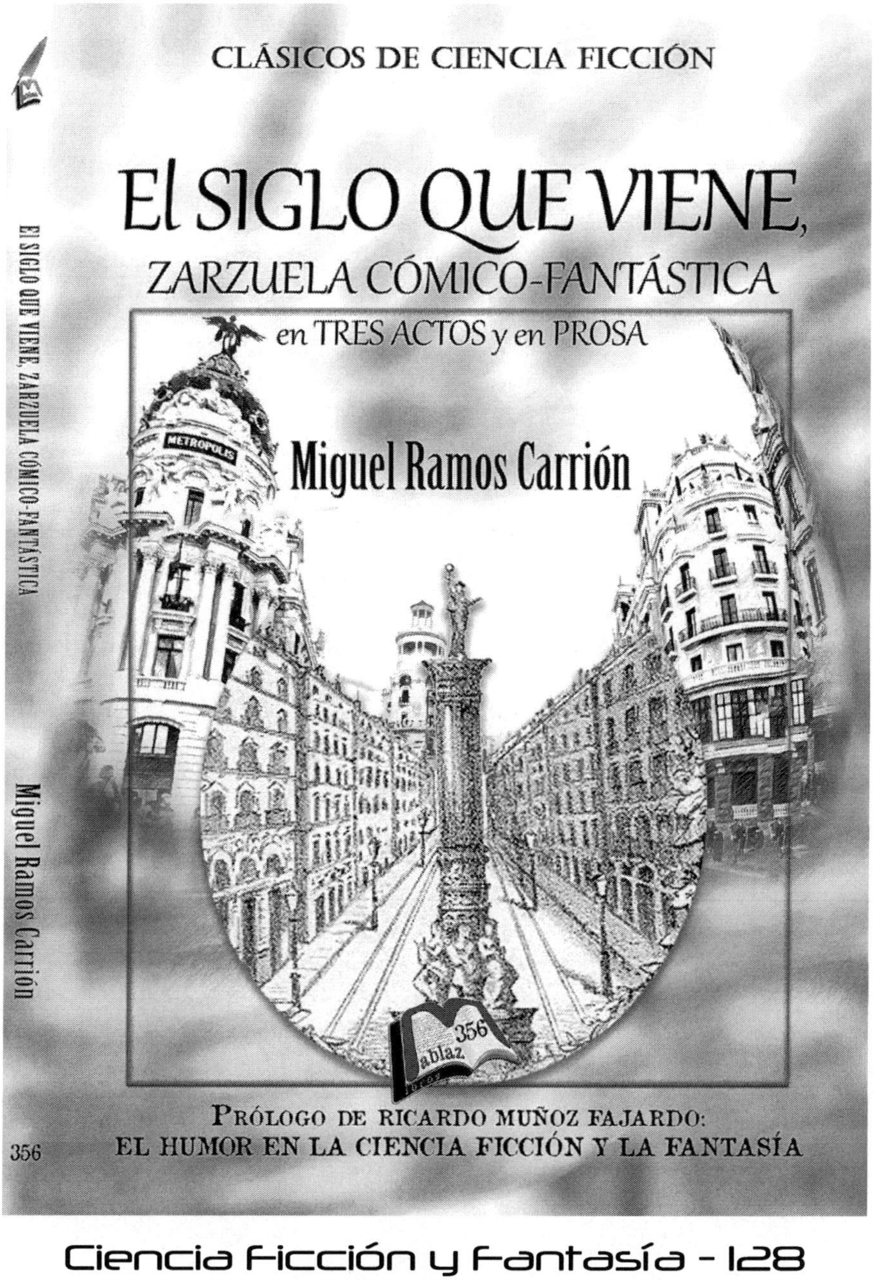

CLÁSICOS DE CIENCIA FICCIÓN

El SIGLO QUE VIENE,
ZARZUELA CÓMICO-FANTÁSTICA
en TRES ACTOS y en PROSA

Miguel Ramos Carrión

356

356

PRÓLOGO DE RICARDO MUÑOZ FAJARDO:
EL HUMOR EN LA CIENCIA FICCIÓN Y LA FANTASÍA

EL SIGLO QUE VIENE, ZARZUELA CÓMICO-FANTÁSTICA

Miguel Ramos Carrión

Ciencia Ficción y Fantasía - 128

El siglo que vine: Zarzuela Cómico-Fantástica en tres actos y en prosa
Primera edición, mayo de 2024

© De esta edición, Libros Mablaz, 2024

Blogs:
Editorial Libros Mablaz
http://editoriallibrosmablazycienciaficcion.blogspot.com.es/
Ciencia ficción y fantasía en Libros Mablaz:
http://mablazlibros.blogspot.com.es/
Introducción a las obras de Libros Mablaz:
http://librosmablazextractos.blogspot.com.es/
Libros Mablaz en Facebook:
https://www.facebook.com/groups/530547690292189/
Tu Librería en Casa:
https://www.facebook.com/TuLibreriaEnCasa
Librería Crisis–Neogénesis:
http://www.todocoleccion.net/neog%C3%A9nesis_vendedorT C

Diseño de cubiertas: Mari Carmen López

ISBN: 978-84-128261-7-3
Depósito Legal: M-9126-2024

LIBROS MABLAZ - 356

El SIGLO QUE VIENE,

ZARZUELA CÓMICO-FANTÁSTICA

EN TRES ACTOS Y EN PROSA

Miguel Ramos Carrión

Representada por primera vez en el Teatro del
PRINCIPE ALFONSO el 3 de Julio de 1876

MADRID
IMPRENTA DE JOSÉ RODRÍGUEZ
CALVARIO 18
1876

AL SR. DON FRANCISCO ARDERIUS

dedican esta obrilla, en prenda de cariño invariable, sus buenos amigos,

Los autores

PRÓLOGO: EL HUMOR EN LA CIENCIA FICCIÓN Y LA FANTASÍA

Si hemos de hablar de humor y ciencia ficción en España, que es el ámbito a que se referirá esta introducción, hemos de empezar hablando de Eduardo Mendoza, premio Cervantes en el año 2016, que cuenta al menos con dos obras maestras en ese aspecto, *Sin noticias de Gurb* (1991) y la menos conocida *El último trayecto de Horacio Dos* (2002), que no desmerece en absoluto a la anterior y que según la opinión de este prologuista llega a lo sublime.

Una novela de un teórico autor desconocido, Javier López, *Las crónicas de Suko* (2014), una ficción que tenía que haber llevado al reconocimiento de su autor, cuenta con la colaboración de Eduardo Gallego Arjona y Guillem Sánchez i Gómez, los más afamados escritores de este subgénero de humor de ciencia ficción del país, que cuentan en su haber trece novelas publicadas, además de otros catorce opúsculos y varios relatos.

Retrocedamos ahora a la época de la protociencia ficción y fantasía, y más concretamente a otras incursiones de literatos españoles en la zarzuela y en el teatro en general, que osan ficcionar otros mundos y futuros posibles.

Se puede empezar hablando de la obra teatral *1945, comedia del porvenir* (1924), escrita por Honorio Maura, reeditada por la editorial Libros Mablaz en el año 2017, una verdadera delicia. Otra pieza de parecido tipo es Cuatro corazones con freno y marcha atrás (1932), de Enrique Jardiel Poncela.

Las zarzuelas incluidas en esta tipología de fantasía cómica, o musical únicamente, son, además de *El siglo que viene: zarzuela cómico fantástica en tres actos y en prosa* (1890), de Miguel Ramos Carrión, que es el objeto de esta publicación, *De Madrid a la Luna*, de Carlos Luis de Cuenca (1884), en verso, y *La mujer artificial o La receta del doctor Miró: pasatiempo-cómico lírico en tres actos, dividido en seis cuadros* (1943), de Carlos Arniches y Joaquín Abati.

Ricardo Muñoz Fajardo

EL SIGLO QUE VIENE,

ZARZUELA CÓMICO-FANTÁSTICA

EN TRES ACTOS Y EN PROSA,

LETRA DE LOS SEÑORES

RAMOS CARRION Y COELLO,

MÚSICA DEL

MAESTRO CABALLERO,

Representada por primera vez en el Teatro del PRÍNCIPE ALFONSO
el 3 de Julio de 1876.

~~~~~~~

MADRID.

IMPRENTA DE JOSÉ RODRIGUEZ.—CALVARIO 18.

1876.

PERSONAJES	ACTORES
DOÑA MELITONA	SRA. RIVAS
INOCENCIA	SRA. LÓPEZ
DON HILARIO	SR. SUÁREZ
ÁNGEL	SR. OREJÓN
EL DOCTOR FARÁNDULA	
DON PEPITO y	
JUANITO	SR. ROSELL
JUANITA	SR. ROCHEL
EL ALCALDE	SR. PÉREZ
SEÑORA 1ª	SRA. SAMPELA
CABALLERO 1º	SR. RODRÍGUEZ
ÍDEM 2º	SR. GARCÍA
SIETEMESINO 1º	SR. GIMÉNEZ

Gente del pueblo, caballeros y señoras del siglo XIX, las cuatro estaciones, los años, los dos siglos, caballeros y señoras de siglo XX, figurines, un cochero, dos mozos de cuerda, músicos, un mozo de café, muñecos, sietemesinos, alabarderos, etc., etc., etc., coro general y acompañamiento.

ACTO PRIMERO

CUADRO PRIMERO

Escena dividida.—Dos guardillas, de las calles se ven los tejados. Por encima de estos, los de otras casas y panorama lejano de Madrid iluminado por la luna. Es de noche.

ESCENA PRIMERA

INOCENCIA, cosiendo a la derecha, y a la izquierda DOÑA MELITONA, haciendo calceta.

MÚSICA

Se oye irse aproximando gente del pueblo, que se supone pasa por la calle cantando coplas de

Navidad, con acompañamiento de tambores, retas, etc.

UNA VOZ.   Esta noche es Noche-Buena
y mañana Navidad,
dame la bota María
que me quiero emborrachar.

CORO.   ¡Dale que te pego,
dale que le das,
dale a la zambomba,
no hay que descansar!

INOCENCIA. Las dulces coplas que el pueblo
canta mi pecho llenan de bie-
nestar. Ya que una sufra, goce a
lo menos con la alegría de los
demás.

MELITONA.   ¡Bien se podían ir al infierno
con ese ruido de Satanás!
Cuando una rabia, se desespera
con la alegría de los demás!

CORO.	Tengo de echar una copla por encima de una vieja para que la lleve el Diablo y la queme las orejas.

***

HABLADO.

MEL.	¡Qué chiste tan fino y tan delicado! ¡El populacho me revienta!
INOC.	¡Pobres gentes! ¡Qué alegres van! ¡Dichosos ellos!
MEL.	¿A qué hora se descolgará por aquí el bestia de mi marido?
INOC.	¡Cuánto tarda mi maridito! Si le habrá pasado algo?
MEL.	¿Para qué me casaría yo? Si una lo pensara bien, no haría nunca ciertas barbaridades.

INOC.

¡Solo su compañía puede hacerme agradable la vida que llevo! ¡Bendita sea la hora en que me casé!

MEL.

¡Bonita Noche-Buena! Sin tener qué cenar, y teniendo que ver la cara de ese hombre, que se ha puesto tan feo... porque, ¡cuidado si se ha puesto feo!... Aaaaah. ¡Qué fastidio! (Bosteza). ¡Y qué sueño tengo! ¡Y sin venir mi marido!—Voy a descabezarlo. (Se queda dormida).

ESCENA II

DICHAS y ÁNGEL, que entra en la guardilla
de la derecha

INOC.	Siento pasos. ¿Será Ángel? Sí, él es. (Va hacia la puerta y abre).
ÁNGEL.	¡Inocencia mía!
INOC.	¿Cómo has tardado tanto?
ÁNGEL	Me he entretenido esperando que saliera La Correspondencia, y todavía no la venden por ahí. En ella vendrá nuestra felicidad. No te quepa duda. Ha sido corazonada.
INOC.	¡Sí, sí, fíate de las corazonadas!
ÁNGEL.	¡Vaya si me fío! El corazón me dijo que tú habías de hacerme feliz, y ya ves si ha resultado cierto.

INOC.	¡Adulador!
ÁNGEL.	Feliz, completamente feliz. Verdad es que no nos sobra nada, que nos falta todo, hasta que comer muchas veces, pero en cambio tengo tu amor... tu amor y el arte. El arte que es mi vida; la música que es mi... mi... mi... r e... mi... re... ¡mi regocijo!
INOC.	¡Tú acabarás por volverte loco!
ÁNGEL.	Loco... Pues mira, es una idea que no deja de... Porque muchos grandes hombres se han vuelto locos... Pero yo no me volveré, descuida... ¡como no me vuelva loco de amor por ti! (La hace una caricia).

INOC.	No seas zalamero. No parece sino que nos hemos casado ayer. Considera que ya hemos pasado de la luna de miel.
ÁNGEL.	¿Que hemos pasado? ¿Quién ha dicho que hemos pasado? Estamos en ella; en el cuarto creciente.
INOC.	No, hijo mío; en el cuarto piso.
ÁNGEL.	Bien. Pues de aquí, al cielo. ¿Cuándo saldrá La Correspondencia?
INOC.	¡Valiente calaverada has hecho! ¡Gastar en un décimo de lotería los únicos diez duros que teníamos!
ÁNGEL.	Que hemos tenido y que tendremos, si no nos toca el premio gordo, que nos tocará.

INOC.	¡Sí, el gordo! El gordo será el desengaño que vas a llevarte. Tú siempre has vivido de ilusiones. En eso, tenía razón tu familia.
ÁNGEL.	¡Mi... fa... Mi... fa... Mi... fa... mi... mi... fa... mi... la!... —¡Oh!, qué melodía se me ha ocurrido tan admirable! Voy a escribirla inmediatamente. ¡No me interrumpas! (Se pone a escribir; Inocencia mira por encima de su hombro). ¡Mi... fa... mi... mi... fa... mi... la!
MEL.	(Soñando). ¡Calla! ¡Calla!, que te aborrezco, monstruo. ¡Mira que te araño! ¡¡Que te araño!! ¡¡¡Que te araño!!!
ÁNGEL.	¡Deliciosa! ¡Deliciosa! ¡Esta melodía hará época! No lo dudes, hará época.

MEL.	Que te muerdo. ¡¡Aaaam!!
ÁNGEL.	Porque hay que sacar a la música del estado de postración en que se encuentra. Wagner ha hecho algo. Yo haré lo que falta. A él no le comprenden... a mí tampoco. Estamos iguales. Yo soy el Wagner de España y él es el Semifusa de Alemania. ¡Delicioso! Delicioso... Mi... fa... mi... fa... Voy a solfeártelo (Música). ¡Verás el efecto! Verás el efecto! Ahora voy a probarlo en el cornetín. (Toca).
MEL.	¡Ladrones! ¡Socorro! (Despertando). ¡Jesús, qué susto me ha dado el demonio del vecino! ¡Maldito sea él y su instrumentó! Todo el día y toda la noche así. ¡Esto es inaguantable! ¡Ve-

	cino! ¡Vecino! (Dando golpes en la pared y a gritos).
ÁNGEL.	¡Eh! ¿Qué es eso?
MEL.	¿Quiere *usté* callarse?
ÁNGEL.	No, señora. (Con naturalidad y volviendo a tocar).
MEL.	¡Vamos! ¡Ese instrumento me ataca los nervios! Y no poder una ni siquiera mudarse de casa para huir de esta música. ¡Maldita sea mi suerte! (coge la almohada, la tira, y al mismo tiempo entra D. Hilario, a quien da en la cabeza, tirándole el sombrero).

ESCENA III

DICHOS y D. HILARIO

HILARIO.   Bien, ¿y tú?—Este es el saludo que me hace siempre.

ÁNGEL.   Esta melodía necesita desarrollo. Voy a escribir unas variaciones sobre el mismo tema. ¡Ya verás! Esto ha de hacer mucho ruido. (Vuelven a colocarse como antes; él escribe y ella mira).

MEL.   Y ¿de dónde viene *usté* a estas horas? ¿De dónde viene *usté?*

HILARIO.   Vamos, parece que hoy está de mejor temple que ayer.

MEL.   ¿No me oye *usté?*

HILARIO.   Sí, pichoncita. Vengo de ver al ministro.

MEL.	¿Y qué te ha dicho ese tío?
HILARIO.	No le llames así; es una persona muy decente, muy atenta y muy apreciable.
MEL.	No decías eso esta mañana.
HILARIO.	Porque esta mañana aún no había prometido colocarme.
MEL.	¿Y ahora te lo ha prometido?
HILARIO.	Me lo ha asegurado, diciéndome que me tiene reservada una plaza.
MEL.	Probablemente será la de Afligidos.
HILARIO.	No lo eches a broma; es un destino en el hospital.
MEL.	Sí, ese será nuestro destino.
HILARIO.	¡Hombre! ¡Qué afán de quitarle a uno las ilusiones! Te digo y te repito que mañana quedará hecho el arreglo.

MEL.	¿Qué arreglo?
HILARIO.	El que hace el ministro para que entre yo.
MEL.	¿Solo para eso?
HILARIO.	Solo. ¿Te parece poco motivo? Yo no encuentro ninguno más natural.
MEL.	¿Y qué conseguiremos con que te empleen? Pan para hoy, y hambre para mañana.
HILARIO.	¿Por qué razón?
MEL.	Porque esta gente no dura quince días. Ayer lo estaba diciendo el zapatero del portal.
HILARIO.	Por poco que dure esta gente, durará más que nosotros al paso que vamos. Y además, la situación es sólida. Este ministerio no puede caer.

UN CHICO.	(Dentro). La Correspondencia con la lista grande y el nuevo ministerio.
ÁNGEL.	¡La lista grande! (D. Hilario queda anonadado).
INOC.	Quieto, yo iré por ella, (sale).
HILARIO.	¡El nuevo ministerio! Yo debo haber oído mal.
MEL.	¡No! El nuevo ministerio ha dicho.
CHICO.	¡La Correspondencia con la lista grande y el nuevo ministerio!
MEL.	¿Lo oyes? Ya no dudarás.
HILARIO.	¡No, ya no dudo! ¿Quién habrá entrado, Dios mío? No tengo fuerzas ni para bajar por ella!
MEL.	Tú no tienes fuerzas para nada, tú no sirves para nada, tú eres un hombre inútil para todo.— Yo bajaré (sale).

ESCENA IV

ÁNGEL, soltando la pluma, y D. HILARIO,

dejándose caer en una silla

ÁNGEL.   ¿Nos habrá tocado? ¡Dios mío!...
                ¡siquiera el segundo premio! No
                quiero el gordo, desprecio el
                gordo, me paso sin el gordo.

HILARIO.   No, no debe ser cierto. Los pe-
                riódicos mienten mucho, y el
                ministro no tenía cara de morir
                tan pronto.

ÁNGEL.   ¡Las cosas que haría yo si me
                tocara la lotería! En primer lu-
                gar, tomaba el Teatro Real, y
                una tras otra, ponía en escena
                mis quince óperas. ¿No hace
                veintiún años que se están ha-

ciendo allí las óperas de todo el mundo menos las mías? Pues ahora se harían las mías y no se harían las de los demás.

HILARIO. ¿Qué gente entrará? Serán hombres de mis convicciones? Pero ¡qué convicciones ni qué ocho cuartos! La única convicción que yo tengo es la de que, si no me emplean pronto, me muero de hambre.

ESCENA V

DICHOS E INOCENCIA,

en la guardilla de la derecha

ÁNGEL. ¿La traes? ¿La has visto?

INOC. (Sonriendo). Sí, ya la he visto.

ÁNGEL. ¿Y qué? ¿Qué hay? ¿Cuál es? ¿El gordo?... (Temblando).

INOC. Cálmate, hombre, cálmate.

ÁNGEL. No, no me lo ocultes. ¿Recuerdas bien el número? ¿Le has visto bien?

INOC. Sí, el cuatro mil setecientos setenta y uno.

ÁNGEL. ¡Justo! ¡Ese es! Trae la lista. ¡Quiero verlo!

INOC. No, cálmate.

ÁNGEL. No temas que me mate la alegría. Soy fuerte. Dime... ¿cuál nos ha tocado?

INOC.	Ninguno; ni siquiera el reintegro.
ÁNGEL.	Eso es una broma.
INOC.	Míralo y convéncete.
ÁNGEL.	¡Dios mío!, ¿será verdad? (Mirando la lista).

ESCENA VI

DICHOS y DOÑA MEL1TONA,

en la guardilla de la izquierda

MEL.   Aquí tiene *usté* La Correspondencia.

HILARIO.   Veamos el ministerio. «Última hora». Aquí está la nuestra. «El nuevo ministerio se ha constituido en la forma siguiente: Presidencia y Gobernación, Fernández; Estado, Rodríguez; Guerra, Pérez; Marina, González; Fomento, Domínguez; Gracia y Justicia, Gutiérrez; y Ultramar, Gómez y Gómez.»

ÁNGEL.   ¡Nada, nada! Ni una aproximación, (inocencia figura con él como consolándole).

MEL. (Con malos modos). ¿Conoces a alguno?

HILARIO. No. Es decir, conozco muchos Pérez, Fernández, Domínguez y González, pero no creo que sean estos. Sin embargo, Fernández... ¿Será el confitero aquel que hacía tan buenos dulces? Ahora se ha retirado, y acaso al dejar la confitería se haya metido en política. La afición al turrón...

MEL. ¡Calla, imbécil!

ÁNGEL. Tienes razón; no hay motivo para entristecerse. Casi debemos alegrarnos de que no nos haya tocado la lotería. El dinero es enemigo del arte. Viva el arte y vivamos nosotros como

	podamos. ¡El porvenir nos sonríe!
INOC.	Al lado de un hombre así, ¿quién puede entristecerse?
HILARIO.	Vaya un modo de consolarme. (Mirando a su mujer, que le ha vuelto la espalda). Leeré La Correspondencia para no verle la cara.
INOC.	Mira a ver si trae algo de nuevo La Correspondencia.
ÁNGEL.	Veamos. (Música en la orquesta, imitativa de lo que van leyendo).
HILARIO.	«El regimiento de caballería de Húsares de la Princesa, pasa de guarnición a la provincia de Lérida.» (Corneta).

ÁNGEL.   «El regimiento de infantería de las Navas de Tolosa, ha llegado a Madrid ayer por la mañana.» (Tambor).

HILARIO.   «En la costa Cantábrica hay hace tres días un temporal deshecho.» (Tempestad).

ÁNGEL.   «La cofradía de las Ánimas se reúne esta noche, en el lugar de costumbre, para tratar de la función religiosa que ya hemos anunciado a nuestros lectores.» (Piporro).

HILARIO.   «El simpático y opulento hijo del simpático y opulento banquero señor Taravilla, ha contraído matrimonio con la simpática y opulenta señorita doña Mercedes Botijo. Deseamos a los recién casados una eterna luna de miel.» («¡Himeneo! ¡Himeneo!»)

ÁNGEL.   «El drama estrenado anoche en el teatro-café del Sur obtuvo un éxito asombroso.» (Golpe de bombo).

HILARIO.   «Dice un colega que los carlistas están más esperanzados que nunca, con motivo de su última y definitiva derrota.» (Ahora sí que estarás contentona).

ÁNGEL.   «Mañana se reunirán en Fornos, donde tienen preparada una comida patriótica, varios disidentes del partido progresista constitucional. (Himno de Riego. Acorde fuerte en la orquesta; pausa breve).

HILARIO. ¡Canario!

ÁNGEL. ¡Caracoles!

HILARIO. ¡Mujer, mira lo que dice La Correspondencia.

ÁNGEL. ¡Mira lo que dice La Correspondencia, chica!

HILARIO y ÁNGEL. «El doctor Farándula, (a la vez y muy despacio) que ha descubierto la manera de conservar las personas en un sopor especial, garantizándolas que volverán a la vida dentro de cien años, da esta noche un *thé* científico en su palacio, e invita a los que quieran prestarse a tan maravilloso experimento, que ha de asombrar a las edades futuras.»

HILARIO.	¡Ya lo creo, y a las presentes también!
MEL:	Eso es una estupidez.
ÁNGEL.	¡Si fuese verdad esto, Inocencia!...
INOC.	¡Dormirse ahora y despertar dentro de cien años!
ÁNGEL.	¡Es decir, cuando la posteridad habrá hecho justicia a mi música! (Vuelve a leer el suelto para sí).
HILARIO.	Melitona, ¿quieres que vayamos a que nos conserve el doctor Farándula?
MEL.	Yo, contigo, ni a la gloria! Trae ese periódico. (Lo toma y lo rompe). ¡No se te ocurren más que desatinos!
HILARIO.	¡Huy!, qué mujer, no sé cómo me contengo!

MEL.	¡Y yo no sé cómo te aguanto! (Pasean en sentido contrario por la habitación).
ÁNGEL.	Sí, eso dice. Despertar dentro de cien años. Entonces, mi música, que hoy es del porvenir, será del presente, y valdrá dinero y podremos ser felices. ¡Esta sola idea me llena de consuelo y de alegría!
INOC.	¡Ay!, si fuera cierto, ¿qué mayor ventura? (D. Hilario y Doña Melitona se detienen de pronto, encontrándose frente a frente).
MEL.	¡Animal!
HILARIO.	¡Arpía!

***

MÚSICA

MEL.	¡Yo no te puedo resistir!

HILARIO.	¡Yo no te puedo soportar!
MEL.	¡Es preferible hasta morir!
HILARIO.	¡Es preferible reventar!
MEL.	¡Ay qué existencia tan feroz!
HILARIO.	¡Ay qué continuo padecer!
INOC.	¡Ay qué marido tan atroz!
ÁNGEL.	¡Ay qué mujer! ¡Ay qué mujer!
INOC.	Morirse y luego despertar...
ÁNGEL.	Y despertarse junto a ti...
INOC.	Del nuevo siglo disfrutar...
ÁNGEL.	¡Siempre abrazándonos así!
INOC.	Ay, ¿quién tal dicha imaginó?
ÁNGEL.	¡Ay qué ventura y qué placer!
MEL.	¡Ay qué marido tengo yo!
HILARIO.	¡Ay qué mujer! ¡Ay qué mujer!
INOC.	¡Ay qué marido tan atroz!
HILARIO.	¡Ay qué mujer! ¡Ay qué mujer!

(Se sientan de espaldas).

INOC.   A tu lado, vida mía, hallo toda

mi alegría; ¡mi placer más dulce

	y puro en tu amor cifrado está!
ÁNGEL.	A tu lado no me aflijo, que hallo en ti mi regocijo, y mi vida, de seguro, junto a ti feliz será. ¿Verdad?
INOCENCIA.	Verdad.
Los DOS.	¡Ja! ¡Ja! ¡Ja! ¡Ja!
MELITONA.	Al mirar tal ave fría no es posible la alegría, (Levantándose) y es mi goce más seguro el vivir lejos de ti.
HILARIO.	Solo al verle, ya me aflijo; se acabó mi regocijo, porque no hay nada más duro que el estar casado así.
MELITONA.	¡Ay, sí!
LOS DOS (Llorando).	¡Ji! ¡Ji! ¡Ji! ¡Ji!
Los OTROS.	¿Verdad? ¿Verdad? ¡Ja! ¡Ja! ¡Ja! ¡Ja!

HABLADO

MEL.   Toma, ahí tienes tu cama, y acuéstate pronto, que no me gusta dormir con luz. (Tirándolo una almohada, que D. Hilario coloca sobre el respaldo de la silla en que se sienta vuelto de espaldas a su mujer. Ella hacerlo mismo con la otra).

HILARIO.   La verdad es que si esa noticia fuese cierta, era cosa de dejarse conservar por no volver a ver a mi señora. Y yo ¿qué pierdo en eso? En cuanto la vea dormida, me largo y la dejo viuda sin morirme. (Apaga el velón).

ÁNGEL.   Vamos a ver, ¿te decides a que nos conservemos? ¿Quieres resucitar el siglo que viene?

INOC.	Yendo contigo, soy capaz de todo.
ÁNGEL.	Pues no dudemos más. ¡Andando! ¡Adiós, nido de nuestros amores! Quiero llevarme un recuerdo tuyo. Me llevo la pájara... y el cornetín. (Cogiendo a lnocencia del brazo. Vanse)

ESCENA VII

DOÑA MELITONA y D. HILARIO

HILARIO.   Me haré el dormido. (Ronca).

MEL.   ¡Ya se ha dormido ese zoquete! Ya puedo poner en práctica la idea que no he querido confiarle. Voy a que me conserve el doctor Farándula, y cuando vuelva de nuevo a la vida, ya no existirá ese guardacantón.

HILARIO.   (No se oye nada).

MEL.   Parece que se mueve. (Ronca). Adiós, mameluco. ¡Ya no volveré a sufrir tus impertinencias! Me largo, (vase).

HILARIO.   Está como un poste. Esta es la ocasión. Me las guillo. Adiós para siempre, desdichada. Ya no volveré a oírte gruñir! ¡La del humo! (vase.)

CUADRO SEGUNDO

Salón en casa del Doctor Farándula.—Puerta al foro.—A los lados, cuatro armarios con letreros que dicen: «Conservas humanas».

ESCENA VIII
SEÑORAS y CABALLEROS

MÚSICA

El caso es admirable,

el lance sin igual,

si este hombre no está loco

nos vuelve a los demás;

pues nadie su estrambótica

idea tuvo aún,

de conservar los prójimos

lo mismo que el atún.

Si será mentira,

si será verdad?

Pronto de la duda

se nos sacará.

Al darnos esta noche

opíparo *buffet*,

empieza por lo menos

a conservarnos bien.

Y es muy aristocrático

y tiene mucho chic,

tragar como heliogábalos

paté *foagrá* y rosbif.

¿Si será mentira,

si será verdad?

Pronto de la duda

se nos sacará.

—Silencio, señores,

que aquí está el Doctor...

—¡Y qué facha tiene

el pobre señor!

ESCENA IX

DICHOS y el DOCTOR

DOCTOR.

Señoras, señores,

os doy gracias mil

al ver que a mi cita

puntuales venís.

Y voy a mostraros

el caso sin par

de ver en conserva

a un simple mortal.

Si alguno de ustedes

se quiere prestar

a un experimento

tan original,

verá en dulce sueño

cien años pasar y

el siglo que viene

resucitará.

CORO.	¡Y el siglo que viene resucitará!
DOCTOR.	¡Resucitará!
CORO.	¡Resucitará!
DOCTOR.	Que venga el que quiera mi ciencia probar; dispuesto está todo: aquí espero ya.
MUJERES.	Está *usté* equivocado, señor doctor; está *usté*, amigo mío, en un error. Aquí no nos venimos a conservar, pues no tenemos de eso necesidad. Y sin que *usté* nos coja, cualquiera ve que ya nos conservamos bastante bien.

DOCTOR.	¿Es decir que nadie
	se quiere prestar
	a este experimento
	sobrenatural?
	Si es que inspira dudas
	mi veracidad,
	oigan y al momento
	se decidirán.
	Soy el doctor Farándula,
	filósofo y mecánico;
	soy médico, soy químico,
	políglota y botánico.
	La ciencia numismática
	mil triunfos me debió,
	y no inventé la pólvora...
	porque otro la inventó.
	¡Ese soy yo!
CORO.	¡Apenas tiene títulos
	el célebre Doctor!

DOCTOR.	Soy lógico, soy ético,
	gramático y agrónomo;
	soy físico y geómetra,
	soy músico y astrónomo.
	Mi nombre se ha hecho célebre,
	la ciencia me aclamó,
	y al verme tan perínclito...
	mi abuela se murió.
	Sí, se murió...
CORO.	Pues, lo que es eso último,
	ya lo sabía yo.

***

HABLADO

DOCTOR. ¡Es posible, señores! ¿No hay ninguno que, desechando un miedo inoportuno, quiera sacar partido de mí ciencia prestándose a tan mágica experiencia?, ¿a ninguno entre tantos le conviene despabilar la luz de su existencia en el siglo que viene? ¿Habéis medido acaso las inmensas ventajas de este paso? ¡El siglo veinte! El siglo delicioso en que todo mortal será dichoso, sin que le deje carecer de nada la civilización más depurada! En ese siglo vivirá la gente perfectísimamente, y en todas ocasiones dará muestra evidente de la fraternidad de las naciones. Al cabo convencidos los humanos del error en que ciegos incurrimos, todos serán hermanos... y si no son hermanos serán primos.

Entonces, aunque halléis la cosa extraña, habrá dinero en la infeliz España, y hasta el que no mejore de intereses libre se encontrará de sus ingleses. Dentro de un siglo el ser menos pillastre, podrá vestirse sin pagar al sastre; acaso sea moda andar en cueros... ¡y se habrán abolido los caseros! La *foto-electro-galva-zing-grafia* hará que muera la pintura al óleo; producirá dinero la poesía, y se harán los guisados con petróleo. ¿Calláis? No os decidís, ni aun por capricho? Pues no me canso más: abur y he dicho.

CAB. 1º   ¡Esto es una farsa!

SEÑ. 1ª   ¡Este Doctor está chiflado!

CAB. 2°   ¿Y para esto nos ha hecho usté venir?

CAB. 1°	¡Que nos devuelvan el dinero!
CAB. 2º	¡Pero hombre, si no hemos pagado nada!
CAB. 1°	¡Pues es verdad. Tiene usté razón!
SEÑ. 1ª.	¡Repito que esto es una farsa!
DOCTOR.	Señores, me parece una inconveniencia...
CAB. 1°	La inconveniencia es la de *usté*. Nosotros creíamos que ya tenía preparados a los que iba a conservar.
TODOS.	¡Es cierto! ¡Nadie!
CAB. 1°	¡Y ahora resulta que no quiere conservarse nadie!
TODOS.	¡Nadie!
ÁNGEL.	¡No es cierto! Nosotros queremos conservarnos.

ESCENA X

DICHOS, ÁNGEL e INOCENCIA, del brazo

MÚSICA

DOCTOR. ¡Ah!, ¡ustedes me salvan!

ÁNGEL. Soy Ángel Semifusa

y esta es mi esposa;

mi fama de maestro

no es aún gran cosa;

pero yo que en mi arte

me creo ducho,

les aseguro a ustedes

que valgo mucho.

Pasar la vida aquí

no nos conviene ya,

y para el porvenir

me quiero conservar.

CORO.   Tiene razón;

es muy acertada

determinación.

DOCTOR. (Hablado). Viva el hombre que cierra

los ojos y se entrega en brazos

de la ciencia!

TODOS.   ¡Viva!

INOC.   Soy Inocencia Ovillos,

soy costurera

y coso para dentro

y para fuera;

y aunque no sea un caso

muy repetido,

estoy enamorada

de mi marido.

Pasar la vida aquí

no nos conviene ya,

y para el porvenir

me vengo a conservar.

CORO.	Tiene razón;
	es muy acertada
	determinación.

***

HABLADO

DOCTOR.	Viva la mujer del porvenir
TODOS.	¡Viva!
DOCTOR.	En nombre de la ciencia doy a ustedes las gracias. ¡Van ustedes a convencerse, incrédulos! —Es decir, ustedes no se convencerán, pero sus nietos sí.
ÁNGEL.	Y diga *usté*, ¿qué tenemos que hacer para conservarnos?
DOCTOR.	El procedimiento es muy sencillo. Colocaré a cada uno de ustedes en uno de esos receptáculos, y dándoles a oler un álcali, descubierto por mí, echarán

una siestecita de cien años. Mis herederos son los encargados de dar a ustedes el chocolate el veinticuatro de Diciembre de mil novecientos setenta y seis. ¿Están ustedes dispuestos?

INOC. ¡Sí!

ÁNGEL. ¡Lo estamos!

DOCTOR. Pues *usté* aquí, señora.

ÁNGEL. ¡Cómo! ¿No va *usté* a conservarnos juntos?

DOCTOR. No señor.

ÁNGEL. Entonces, Inocencia, un abrazo. ¡Hasta el siglo que viene! (Se abrazan).

INOC. Hasta luego.

DOCTOR. Es filósofa.—Vamos.

ÁNGEL. ¡Un momento. Inocencia! otro abrazo... (vuelven a abrazarte).

INOC.	Adiós.
ÁNGEL.	¡Adiós!—Cuando *usté* guste.
DOCTOR.	Andando.
ÁNGEL.	Un momento...
DOCTOR.	Basta de abrazos. Ya se abrazarán ustedes en tiempos más felices.

***

MÚSICA

CORO.	¿Si será mentira, si será verdad? Solo nuestros nietos lo averiguarán.

(El doctor encierra, haciéndoles antes oler un pomito, a Ángel e Inocencia).

ESCENA XI

DICHOS y DOÑA MELITONA

HABLADO

MEL. Señores, muy buenas noches: ¿el señor doctor?

DOCTOR. Servidor de usté.

MEL. Pues vengo a eso.

DOCTOR. Y ¿qué es eso, señora?

MEL. Lo que dicen los periódicos. ¿Es una filfa? Ya me lo figuraba yo! Vaya, abur.

DOCTOR. ¡Señora, no es filfa!

MEL. En ese caso, aquí me tiene *usté* dispuesta a todo. Yo estoy desesperada; soy muy desgraciada, y ya no me contengo por nada.

DOCTOR. Pues por mí no hay dificultad.

MEL.	¿Qué es lo que tengo que hacer?
DOCTOR.	Meterse aquí, oler y callar. (La hace entrar en el armario).

***

MÚSICA

CORO.	¿Si será mentira, si será verdad? Solo nuestros nietos lo averiguarán.

***

HABLADO

DOCTOR.	¡Y van tres! ¿No se animan ustedes, señores? ¿No hay otro que quiera disfrutar las dulzuras del siglo próximo?

HILARIO.   Un servidor de *usté*.

DOCTOR.   ¡Y van cuatro!

HILARIO.   ¿Voy a tener compañeros de viaje? ¡Me alegro! Dónde están? Quiero verlos.

DOCTOR.   ¡Imposible! Están ya en conserva. Y si *usté* quiere, procederé a ponerle en el mismo estado.

HILARIO.   ¡Oh!, sí. Cuanto antes, mejor! Usté va a hacerme feliz. ¡Usté me libra de ella! ¿No sabe usté quién es ella? ¡Pues ella es mi mujer! *Usté* va a proporcionarme el primer sueño tranquilo que he disfrutado desde que me casé. Estoy a sus órdenes. (Al coro). ¿Ustedes vienen también al otro siglo?

CORO. No señor.

HILARIO. Pues si en este conocen a una señora que voy a dejar viuda y que se llama doña Melitona Mantecón, denla ustedes expresiones. Y abur. Y hasta nunca.

DOCTOR. Huela usté. (Le encierra).

HILARIO. (Dando golpes en el armario, que abre el doctor). Señor doctor, señor doctor, écheme usted un poco de alcanfor para que no me apolille.

DOCTOR. No tenga *usté* cuidado. ¡Seréis felices! ¡Vosotros vais a ver lo que nosotros no veremos! ¡Cómo os envidio!

CAB. 1.°	Pues si los envidia *usté*, ¿por qué no se conserva como ellos?
DOCTOR.	Señores, la Verdad... (Reuniéndolos y hablando misteriosamente). Aquí en confianza, voy a decir a ustedes una cosa. A pesar de ser yo el inventor de estas conservas humanas, tengo así cierto recelo...
CAB. 1."	¿Recelo de qué? (Espantado).
DOCTOR.	De que no se despierten.
TODOS.	¡Caracoles! (Con terror)
UNO.	¡Esto es un crimen!
CAB. 1.°	Va a venir la policía.
TODOS.	¡Ay! (Todos huyen).
DOCTOR.	Puede que se despierten... Puede que se despierten... ¡Puede que se despierten! (Vase tranquilamente por la izquierda).

**

MÚSICA

CUADRO TERCERO

Telón supletorio que figura un calendario de pared.—Hueco en el centro por el que van pasando los años.

CUADRO CUARTO

El alcázar del Tiempo.—Este aparece sobre un reloj de gran tamaño.— Alegoría cómico-coreográfica y paso a dos entre los siglos XIX y XX .

FIN DEL ACTO PRIMERO

ACTO SEGUNDO

CUADRO QUINTO

Interior de una bodega. A los lados, los armarios del primer acto cubierto de polvo y telarañas.

ESCENA PRIMERA

PEPITO Y CORO BE HOMBRES, en traje del
siglo XX

MÚSICA

CORO.   Mientras llega la hora

de averiguar

si tu ilustre abuelito

dijo verdad,

a beber manzanilla,

tinto y Jerez,

hasta que nadie pueda

tenerse en pie.

PEPITO. Alto, señores,

no beban más,

tengamos todos

serenidad;

pues para el caso

preciso es

que conservemos

la lucidez.

CORO. Pues abrid los armarios,

que es tiempo ya

de obligar a las momias

a despertar;

y que al cabo de un siglo

vuelvan a ser

lo que en mil ochocientos

setenta y seis.

Y antes de que a la vida

las vuelvas tú,

entona un vito

a su salud.

PEPITO.   (Con acento andaluz).

Cuando bajo a la bodega

se me ocurre un pensamiento:

¡qué felices son las cubas

con tanto vinillo dentro!

Con el vito, vito, vito,

con el vito de Jerez,

yo me llamo don Pepito

y me achispo alguna vez.

Ayer, caminito

del barrio de Triana,

me *hayé* una *chiquiya*

bastante barbiana:

la suelto un piropo,

la sigo, la atrapo,

la digo «¡salero!»

me arrima un sopapo.

Me quemo de rabia,

los dientes la enseño

y asoma la jeta

de un *moso* trigueño.

Me mira, le miro,

se baja el *emboso*,

se cuadra, me cuadro,

me tose, le toso.

Se quema, me quemo,

se irrita, me irrito,

se atufa, me atufo,

me grita, le grito.

La chica se larga

pidiendo socorro,

las gentes se *asercan*

y forman un corro.

Me calo el sombrero,

me aprieto la faja,

sacamos a un tiempo

los dos la navaja.

Yo me echo *hasia alante*

y él se echa *hasia* atrás...

y echamos diez copas

y ya no hubo más.

CORO.   Con el vito, vito, vito, etc.

SEGUNDA COPLA

PEPITO.   Cuando bebo manzanilla

de Noé siempre me acuerdo,

porque al inventar el vino

asercó a la tierra el *sielo*.

PEPITO Y EL CORO. Con el vito, vito, vito,

con el vito de Jerez,

yo me llamo don Pepito

y me achispo alguna vez.

***

HABLADO

AMIGO 1.º   Chico, eres de lo más flamenco que he conocido.

PEPITO.   ¡Eh! basta de broma, formalicémonos. Bueno que para solemnizar el extraordinario suceso q u e hoy nos reúne, hayamos destapado algunas botellas; pero llegado el momento de exhumar esos infelices, es preciso que nos pongamos serios.

Los DOS AMIGOS. Sí, pongámonos serios.

AMIGO 2.º   ¿Pero tú crees formalmente que se habrán conservado esos cuatro individuos y que vamos a asistir a su resurrección?

PEPITO.   Ahora lo veremos.

AMIGO 1º.   Desengáñate, Pepe, esto no es más que una broma de tu bisabuelo, el doctor Farándula.

PEPITO.   Pues, amigos, volvámosle el crédito de una vez, o riámonos de mi respetable antecesor. Si llegan a despertar, ¡cuál será la sorpresa de nuestros contemporáneos al contemplar estos rarísimos ejemplares de la sociedad del siglo diez y nueve! Del siglo que pretenciosamente se llamaba de las luces ¡y se alumbraba con gas!...

TODOS.   ¡Je, je, je!

AMIGO 2.°   ¡Pobres gentes!

AMIGO 1.º   Bien puede decirse que vivían a oscuras.

PEPITO.   Llegó el momento decisivo. (Abre los armarios y aparecen los cuatro personajes inmóviles y dormidos).

TODOS.	¡Ah!
PEPITO.	Qué bien conservados están, ¿eh? Cualquiera diría que los habían puesto ahí esta noche.
AMIGO 2.º	¡Es admirable!
AMIGO 1.º	¡Portentoso!
AMIGO 2.*	¡Sobrenatural!
AMIGO 1.º	¡Increíble!
PEPITO.	¡Y qué bonita es esta!
AMIGO 2.º	¡Qué trajes tan raros!
PEPITO.	Voy a darles a oler el pomito que mi bisabuelo dejó para este caso. (Se lo da a oler sucesivamente y los cuatro estornudan).
TODOS.	¡Eh!
AMIGO 2.º	¡Demonio! Esa momia se mueve. Huyamos. (Vanse todos).

ESCENA II

D. PEPITO. DOÑA MELITONA, INOCEN-
CIA, D. HILARIO y ÁNGEL

ÁNGEL.

¡Inocencia! ¿Ay, qué es esto? ¡Qué sueño tan extraño! (Desperezándose poco a poco y poniéndose al fin en movimiento).

INOC.

¡Ángel! ¡Qué pesadilla he tenido! Pero ¿dónde estamos?

PEPITO.

No se asusten ustedes; están en mi casa, que es la suya.

ÁNGEL.

¡Qué hombre tan raro! ¡Qué traje tan ridículo!

PEPITO.

¡Ja, ja! ¿Pues no dice que es ridículo mi traje?

ÁNGEL.

Pero ¿qué es esto?

PEPITO.

Esto es sencillamente que se durmieron ustedes hace cien años y se despiertan ahora.

ÁNGEL. ¡Es posible! ¡Inocencia, hemos logrado nuestro objeto! ¡Dame un abrazo!—Con el permiso de ustedes.

HILARIO. ¡Déjame en paz, mujer! ¿Eh? ¿Qué quieren ustedes? ¿Qué sitio es este?

ÁNGEL. ¡Nuestro vecino!

INOC. ¡Es verdad!

ÁNGEL. ¿También usted se había conservado?

HILARIO. ¿Conservado?... ¡Ah, sí! ¡Ya caigo! Luego... ¿es verdad?

PEPITO. Sí, señor, es verdad. Estamos a veinte y cuatro de diciembre de mil novecientos setenta y seis.

HILARIO. ¡Soy feliz! ¡Soy feliz! Ya hará lo menos ochenta años que me he quedado viudo. ¡Pobre Melitona! Dios la tenga en la gloria. ¡Era un ángel!

MEL.   Hilario... Hilario... ¡que te araño!

HILARIO.   ¡Jesucristo! ¡Mi mujer!

MEL.   ¡Su voz! ¡Mi marido! Todo ha sido un sueño.

HILARIO.   ¡No!, es realidad, y realidad espantosa, tan espantosa como tú!

—(A D. Pepito). Dígame usted: ¿puede usted conservarme, solo, para dentro de otros cien años?

PEPITO.   No, señor; mi bisabuelo se llevó a la tumba su secreto.

HILARIO.   ¿Su bisabuelo? Es usted biznieto del doctor Farándula? ¡Ya se conoce! Es usted su vivo retrato.

MEL.   ¡No vuelvo en mí!

HILARIO.	Sí, hija mía, sí; desgraciadamente has vuelto.
PEPITO.	(¡Canario! ¡Qué preciosa es esta muchacha!)
ÁNGEL.	Dígame usted, y usted dispense. ¿Qué piensan ahora de un músico muy notable que hubo en mi tiempo y que se llamaba Ángel Semifusa?
PEPITO.	Semifusa... Semifusa... Es la primera vez que le oigo nombrar.
ÁNGEL.	¡Cómo! ¿No se han ejecutado sus óperas?... ¿La posteridad no le ha hecho justicia? ¡Fíese usted en la posteridad!
PEPITO.	¿Era amigo de usted?
ÁNGEL.	¡No... conocido... (Voy viendo que no me conoce nadie más que yo. ¡Qué desengaño!

INOC.   Ya te conocerán.

PEPITO.   (¡Caracoles! ¡Qué bonita es esta mujer!)

HILARIO.   (De pronto, a D. Pepito). Dígame usted: ¿continúa la gente casándose?

PEPITO.   ¡Sí, señor, pues ya lo creo!

HILARIO.   Está visto: la humanidad no escarmienta: ¿y se casan por lo eclesiástico o por lo civil?

PEPITO.   Por lo criminal.

MEL.   Pero, ¿por qué nos estamos aquí metidos? ¿Dónde vamos a ir? ¿Qué vamos a hacer?

PEPITO.   Yo me encargo de ustedes. Seré su cicerone y su explotador.

ÁNGEL.   ¡Explotador! Me gusta la franqueza.

PEPITO.   Es la única manera de proporcionar a ustedes una posición ventajosa. Cualquiera que fuese su profesión en el siglo pasado, deben encontrarse atrasadísimos con relación a nosotros. Usted, qué profesión tenía? (A Ángel).

ÁNGEL. Era compositor y tocaba el cornetín.

PEPITO. ¿Y usted?

HILARIO. Yo... Tocaba el cielo con las manos.

PEPITO. ¡Cómo!

HILARIO. Era cesante, cesante perpetuo; creo que fui cesante antes de ser empleado... Así es que pensaba seguir pretendiendo; porque supongo que los cesantes seguirán haciendo lo mismo que en el siglo diez y nueve.

PEPITO.   ¡Ya no hay cesantes, hombre!

HILARIO.   ¡Es posible!

PEPITO.   Ya todos los españoles son empleados.

HILARIO.   ¡Ha sido una gran idea!

PEPITO.   Así hemos acabado con la empleomanía.—Pero ustedes tienen en su mano, es decir, en la mía, el medio de hacerse fácilmente un capital.

HILARIO.   ¡Cómo!

ÁNGEL.   ¿De qué modo?

MEL.   ¡Hable usted!

PEPITO.   Dejándome que yo les enseñe al público en la exposición permanente de objetos raros. Ustedes, al fin y al cabo, son unos fenómenos.

LOS CUATRO.   ¡Somos unos fenómenos! (Con desesperación cómica).

HILARIO.   Mi mujer llamará la atención, si hay quien dé dinero por verla, que lo dudo.

ÁNGEL.   ¡Un artista condenado a enseñarse como la mujer con barbas!

HILARIO.   Yo, por mí, estoy dispuesto.

MEL.   Y yo.

INOC.   ¡Y yo!

ÁNGEL.   ¡Y yo!...

HILARIO.   En vista de esta conformidad, creo que bien podría usted hacernos un adelanto. Prestarnos algún dinero.

PEPITO.   ¡Dinero! ¡Dinero en este siglo! ¡Ya no hay dinero, hombre!

HILARIO.   Es natural, ya quedaba muy poco cuando nosotros nos dormimos. Y lo que es para mí se había acabado mucho tiempo an-

tes.

ÁNGEL.   ¿Y con qué han sustituido uste-

des el metálico?

PEPITO.   Con el papel. Ya no hay más

que papel. Como cosa curiosa,

se conservan en el Banco tres

pesetas. Conque vamos arriba;

allí les daré a ustedes cuatro

resmas de billetes de a dos

cuartos. Luego nos iremos a dar

una vuelta por las calles para

que vean ustedes el nuevo Ma-

drid.

MEL.   Sí, sí. A ver todo lo nuevo.

PEPITO.   Pero ante todo, tienen ustedes

que dejar esos trajes y vestirse

como nosotros.

HILARIO.   ¿Por qué?

PEPITO.	Porque de otro modo, quitaríamos la novedad al espectáculo, y al verlos así, con esas fachas, les correrían los chicos.
HILARIO.	¿Y a ustedes no los corren?
MEL.	¡A la calle! ¡A la calle!
HILARIO.	¿Me hace usted el favor de decirme qué hora es?
PEPITO.	(Saca un *reló* de forma extraña y al abrirlo suenan dos tiros). Las dos.
HILARIO.	Bonito *reló*.
PEPITO.	¡Pché!, un cilindro-rewolver Es la hora más a propósito para andar por Madrid.
HILARIO.	Son las dos de la tarde, ¿eh?
PEPITO.	No, de la madrugada.
MEL.	¡Hombre! ¿Y qué vamos a ver de noche?

PEPITO.

¡Noche! Ya no hay noche, señora. Ahora, cuando se pone el sol, enciende el ayuntamiento el suyo; un sol eléctrico que tiene sobre el otro la ventaja de que alumbra y no da tabardillos. La gente anda por las calles mientras alumbra este, y al salir el sol natural, se acuesta.

HILARIO.

En esto han mejorado ustedes, porque ya no se arrimará la gente al sol que más calienta.

PEPITO.

¿Andando?

TODOS.

¡Andando!

PEPITO.

(Ofreciendo el brazo a las dos señoras y mirando alternativamente a Inocencia y a doña Melitona). Váyase lo uno por lo otro.

MÚSICA

Marchémonos ya.

Salgamos de aquí.

Vamos a admirar

el nuevo Madrid.

CUADRO SEXTO

El pasaje de la Moda. A la derecha una tienda en cuya muestra se lee: «Perfumería maravillosa. Se ponen caras nuevas». Otra a la izquierda: «Modiste, Robes.»

ESCENA III

CABALLEROS, a poco los FIGURINES, CORO de mujeres en traje andaluz afrancesado.

MÚSICA

CORO DE HOMBRES. Amigos, atención,

la moda va a salir;

preciso es observar

el nuevo figurín.

Que venga a verlo yo

me ha dicho mi mujer,

pues hoy no ha de salir

vestida como ayer.

¿Qué diablo inventará

madama Crinolin

que preste novedad

al nuevo figurín?

A abrirse empieza ya

la puerta del taller...

¡Qué cara, santo Dios!

¡Me cuesta mi mujer!

Somos figurines vivos

y salimos por ahí

para renovar las modas

de la gente de Madrid.

El vestido trabucaire

nos prescribe la *dérniere*

con pañuelo a la andaluza

y un airoso calañés.

Hoy a la española

hemos de vestir,

todas afectando

aire varonil

Manta jerezana

hemos de llevar,

y un feroz trabuco

suple al antucá[1].

Tra, la, tra, la.

Tra, la, tra, la, la,

y un feroz trabuco

suple al antucá.

SEGUNDA COPLA

Los colores más de moda

para traje de soirée[2],

son de rábano afligido

y de barro parisién.

---

[1] Instrumento que protege de la lluvia a la dama que no es un paraguas propiamente dicho, sino un antucá (del francés en tout cas), que es más pequeño que un paraguas y sin los ornamentos habituales de una sombrilla, por lo que servía tanto para la lluvia como para el sol...

[2] Fiesta de sociedad, acto social o función cinematográfica, teatral o musical que se celebra al atardecer o por la noche.

Un pimiento en la cabeza

del buen gusto es el *non-plus*,

y la moda para el pelo

es teñírselo de azul.

El sombrero nuevo

sombra no ha de dar

porque sirva menos

y moleste más.

Vuelve a estar de moda

el olor de *ollín*,

y los abanicos

han de ser así:

Riqui, riqui,

riqui, riqui, ri,

hoy los abanicos

han de ser así.

***

HABLADO

CAB. 1.º   Vaya, ya estamos enterados. Voy a decírselo a mi mujer.

CAB. 2.º   Pues ruéguele usted en mi nombre que baje a ver a la mía. Yo no puedo detenerme.

CAB. 1.º   ¿Va usted muy lejos?

CAB. 2.º   No; voy ahí a Bruselas a almorzar con mi tío; pero estaré de vuelta a la hora de comer. Hasta luego.

CAB. 1.º   Hasta la tarde. (Se van saludándose con un apretón de narices).

ESCENA IV

D. HILARIO, INOCENCIA, ÁNGEL y PEPITO

HILARIO. ¡Qué incómodos son estos trajes!

PEPITO. ¡Hombre! ¡No hable usted de eso cuando acaba de soltar aquel levitón!

HILARIO. ¿Pero para qué sirve esto? ¿Quiere usted decirme para qué sirve esto? (Mostrando los faldones que tiene por delante de su levita).

PEPITO. Para lo que servían los faldones de ustedes. Para nada. (Cada vez me parece más bonita esta mujer).

ÁNGEL. (Me va cargando ya este hombre con sus miraditas).

HILARIO.	(Leyendo las muestras de las tiendas). Modiste Robes. Modistas que roban... Vamos, esto no ha variado. Perfumería Maravillosa. Se ponen caras nuevas. Esto es lo que le hacía falta a mi mujer.
ÁNGEL.	(Te digo que te mira y que me va cargando).
INOC.	Yo no he notado nada.
ÁNGEL.	Las mujeres no notáis nunca estas cosas.
HILARIO.	¿Y mi mujer? ¿Dónde estará mi mujer?
PEPITO.	No sé.
ÁNGEL.	Con nosotros venía...
INOC.	¡Pobre señora! ¡Se habrá perdido!
PEPITO.	¡No importa!
HILARIO.	Tiene usted razón: no importa.

PEPITO.   Pondremos un anuncio...

HILARIO.   Sí; póngalo usted prometiendo
             dinero al que se la encuentre y
             no me la devuelva.

PEPITO.   Remonísima. (Á inocencia).

ÁNGEL.   ¿Decía usted?...

PEPITO.   No, no hablaba con usted.

ÁNGEL.   (A este tipo le rompo yo el
             bautismo... y la confirmación).
             Oiga usted.

PEPITO.   ¿Qué hay?

ÁNGEL.   Que mi mujer y yo necesitába-
             mos irnos a nuestra casa, para
             lo cual es preciso ante todo
             buscar una.

PEPITO.   ¿Una? Dos dirá usted.

ÁNGEL.   ¿Cómo dos?

PEPITO.   Usted ignora la costumbre de
             los matrimonios de ahora. En

tiempo de ustedes ya empezó la iniciarse la reforma matrimonial viviendo los cónyuges cada uno en su cuarto. Ahora la moda obliga a vivir a cada uno en su casa y en diferente barrio.

ÁNGEL. (Te veo). Pues mire usted, yo soy un hombre muy chapado a la antigua y viviré con mi mujer en el mismo cuarto y como antes

INOC. Sí, sí, como antes, como antes.

ÁNGEL. Vámonos, vámonos a buscar casa.

PEPITO. Está bien, yo iré con ustedes, y, como casero universal les proporcionaré una buena habitación.

ÁNGEL. (Está visto; no nos lo quitamos de encima).

HILARIO.	(¿Me volveré a encontrar a mi mujer? ¡Sería broma! Vaya, no pensemos en cosas tristes).
ÁNGEL.	¿Me quieres?
INOC.	¿No lo sabes?
ÁNGEL.	¡Hace tanto tiempo que no nos decimos una palabra!
HILARIO.	(Viendo pasar dos mozos con un cuadro grande cubierto). ¿Qué es eso, don Pepito?
PEPITO.	Algún cuadro que llevarán a la Exposición de Pinturas. Si quieren ustedes verlo, yo como inspector general de artes, tengo derecho a meterme en todo. ¡Eh, mozos! Descubran ustedes eso. ¡Magnífico! (Los mozos saludan y enseñan el cuadro en el centro de la escena; es un lien-

zo con cuatro o cinco grandes borrones). ¡Soberbio! ¡Qué tonos! ¡Qué tonos! *Fíjense* ustedes.

HILARIO.   ¡Yo no veo nada!

ÁNGEL.   ¡Ni yo!

INOC.   ¡Ni yo!

PEPITO.   No comprenden ustedes la nueva escuela. ¡Pues ese es el mérito! El pintor hace el cuadro y el que lo ve se lo imagina a su gusto. Llévenselo ustedes (vanse los mozos).

ÁNGEL.   Nosotros, con el permiso de ustedes, nos vamos a buscar casa.

PEPITO.   Vamos, vamos cuando ustedes gusten. Pero supongo que no querrán ir a pie. Ahora las distancias son terribles. Tomaremos un simón de presión atmosférica. ¡Chist!, chist. (Llamando. Sale por la izquierda el carruaje). ¡Pasen ustedes! Pasen ustedes.

HILARIO. ¡Está visto! El cochero no varía. Parece un simón de mis tiempos.

COCHERO. ¿A dónde *vamus, señuritu?*

PEPITO. Iremos a la agencia, calle cincuenta y tres mil setecientos quince, número veinticinco mil quinientos diez y ocho, cuarto noveno. Hay entresuelo, Háganme ustedes sitio.

COCHERO. *Señuritu, nun* tiene *bigutera.*

PEPITO. Entonces, apéense ustedes, tomaremos otro.

ÁNGEL. No, ¿para qué? No se moleste usted en venir con nosotros.

Muchas gracias. Después nos veremos en el concierto. ¡Arrea! ¡Gracias a Dios! (Echa a andar el coche).

PEPITO.   Nosotros tomaremos otro, no le parece a usted?

HILARIO.   No señor, no me hace gracia eso de la presión atmosférica.

PEPITO.   (Ya no los alcanzo; la veré luego en el concierto). Ya que estoy aquí, voy a visitar a un enfermo que tengo cerca.

HILARIO.   ¿Pero también es *usté* médico?

PEPITO.   Yo soy todo cuanto hay que ser, amigo mío; en este siglo no basta tener una profesión, es preciso dedicarse a muchas cosas y saber de todo aunque se sepa mal.

HILARIO.	Y usted, ¿cuántas profesiones tiene?
PEPITO.	No soy de los que reúnen más. Soy médico, ingeniero, empresario dé teatros, actor, polvorista, diputado, inspector general de artes, juez de primera instancia y choricero.—Si usted me espera por aquí, volveré pronto.
HILARIO.	¡Hasta después! (D. Pepito le coge la nariz). (Será el nuevo saludo).

ESCENA V

D. HILARIO, en seguida MELITONA

HILARIO.

Pues señor, heme aquí en medio de una sociedad desconocida y llena de encantos, con dinero en el bolsillo y sin mi mujer. Soy dichoso. ¡Hombre! ¡Qué buena moza sale de allí! ¡Calle! Tiene cierto parecido con Melitona, pero no con la Melitona de ahora, con la Melitoncita del año cincuenta y cuatro, cuando yo era miliciano nacional.

***

MÚSICA

MELITONA.   ¿No me conoces?

HILARIO.   No tengo el gusto...

MELITONA. ¡Soy Melitona,

no seas bruto!

—¿Dudas acaso?

HILARIO. No, ya no dudo,

que ese piropo

fue siempre tuyo.

Mas dime ¿cómo

te han puesto así

con esa cara de serafín.

MELITONA. ¿Te gusto mucho?

HILARIO. Me haces tilín...

Mas dime cómo

te han puesto así.

MELITONA. Voy a la perfumería

donde ponen caras nuevas...

—Y qué bien te sentaría el mu-

darte la que llevas.

Me colocan nuevo cutís.

Me componen la nariz,

doy los cuartos, hago *mutis*

y aquí vuelvo tan feliz.

Me pueblan las mandíbulas

de dientes de marfil

y a fuerza de cosméticos

mi pelo brota al fin.

Al talle en una máquina

le prestan esbeltez,

puliéndome y dejándome

tan mona como ves.

HILARIO.   (Con el mayor entusiasmo y

persiguiéndola: ella huye con

coquetería).

¡Y tanto que lo es!

¡Jesús y qué monísima

han puesto a mi mujer!

MELITONA.   Vida nueva, Melitona

y, aunque pese a tu consorte,

a lucir esta persona

por las calles de la corte.

Las conquistas a millares

voy a hacer yo por ahí

y tras mí vendrán a pares

los gomosos de Madrid.

Con la mirada lánguida

y gracia en el andar,

yo la atención unánime

conseguiré llamar.

Si a ti, que eres un bárbaro,

logré encantar así

todos los otros *prógimos*

se pirrarán por mí.

HILARIO. Sospechome que sí

Jesús ¡qué escamadísimo

estoy al verla así!

***

HABLADO

HILARIO. ¡Ay, Melitoncita mía! ¡Qué remonona te han puesto! ¡Cuánto me gustas! Me gustas tanto... que no me pareces mi mujer.

ÁNGEL. Hágame usted el favor de dejarme en paz, caballero. Todo ha concluido entre nosotros. Somos un matrimonio muy desigual.

HILARIO. ¡Melitona!

MEL. ¡Qué!

HILARIO. ¿Melitoncita?, ¿vamos a dar una vuelta?...

MEL. ¿Vuelta? La vuelta voy a darla yo. Ha llegado el caso de vengarme de tus groserías. ¿No querías verte libre de tu mujer? ¿No era gruñona, no era insoportable, no era horrible?

HILARIO.	Sí, hija mía; lo eras, lo eras... pero ya no lo eres.
MEL.	Pues tú lo eras y continúas siéndolo.
HILARIO.	No me lo dirás dos veces; voy a ponerme una cara nueva.
MEL.	No las hay para caballero. La invención es de una señora, y solo las hace en obsequio del bello sexo.
HILARIO.	¡Dios mío! ¿Me veré precisado a echar de menos la fealdad de mi mujer?

ESCENA VI

DICHOS y D. PEPITO, que anda siempre figurando patinar

PEPITO. ¡Ya me tiene usted de vuelta!— ¡Caramba!, ¡qué mujer tan guapa! ¿Quién es?

HILARIO. ¡Mi mujer, hombre, mi mujer! Y hágame usted el favor de no decírselo, que ya lo sabe demasiado.

PEPITO. ¿Se ha comprado usted esa cara, señora? Pues ha tenido muy buen gusto: es preciosa.

HILARIO. ¡Hombre, por Dios!

MEL. ¡Muchas gracias!

PEPITO. (Si casi me gusta más que la mujer del músico). ¡Preciosísima!

HILARIO.	¡Ay!
PEPITO.	¿Qué es eso? Se pone usted malo?
HILARIO.	Sí señor; la debilidad... las emociones... ¡Ay! Yo me caigo. (Desvaneciéndose).
MEL.	¡Ay!, ¡un médico!
PEPITO.	Yo lo soy, señora; no se asuste usted. (Saca del bolsillo una cuchara y se la mete en la boca a D. Hilario). ¿Se siente usted mejor?
HILARIO.	Sí señor. ¿Qué me ha dado usted?
PEPITO.	Nada. Es el último sistema. Los homeópatas adelantaron un paso en la simplificación de los medicamentos, y de la homeopatía se ha pasado a la nadaopatía, que consiste en no dar nada a los enfermos.

HILARIO. Pues mire usted, es un buen método; así no se les molesta.

PEPITO. ¡Claro! Y se mueren más a gusto.

HILARIO. Don Pepito, yo estoy desfallecido. Tengo un hambre que no veo. Vamos a tomar algo. Considere usted que hace cien años y un dia que no pruebo bocado, y aun que cesante, no estoy hecho a pasar hambres tan largas.

PEPITO. Bueno, ahora iremos a un *restaurant* a que le den a usted cuerda para ocho días,

HILARIO. ¡Cuerda! (Vamos, sí será una cuerda de longanizas).

PEPITO. ¿Quiere usted apoyarse? (A doña Melitona). te, niña.

HILARIO. Gracias; me apoyaré yo, que lo necesito más. Ve delante, niña.

(Ruido de tambores dentro).

MEL.   ¿Qué es eso?

PEPITO.   Los generales que van a la parada.

HILARIO.   ¿Y los soldados?

PEPITO.   ¡Soldados! ¡Ya no hay soldados: ya todos son generales!

CUADRO SÉTIMO

Una *esplanada*. En el centro de la escena una muralla aspillerada, detrás de la cual aparecen a su tiempo los músicos con sus enormes y caprichosos instrumentos y dos cañones. Un letrero en la muralla que dice: «Sociedad de conciertos del maestro Catedral.» Sillas a un lado.

ESCENA VII

ÁNGEL e INOCENCIA. Después MELITONA, D. HILARIO y D. PEPITO

ÁNGEL.   Al fin voy a ver lo que tanto deseaba. El arte me seduce. Preparémonos a gozar.

PEPITO.   Acá estamos todos. (Saliendo).

ÁNGEL.   Ya está aquí *este* mosca.

MEL.	Creo que hemos venido demasiado temprano.
INOC.	Sí, hasta ahora, somos los primeros.
PEPITO.	Y probablemente los últimos.
ÁNGEL.	¡Los últimos! Pues qué, ¿Madrid ha perdido la afición a la música?
PEPITO.	No señor, pero para oírla no necesita la gente venir al concierto; la oye desde su casa y le sale más barato.
MEL.	Y qué tal es el programa de hoy?
PEPITO.	Inmejorable, señora, inmejorable. (Casi tan inmejorable como *usté*). Se compone de veinte sinfonías en cuatro tiempos cada una.

ÁNGEL.	¡Veinte sinfonías! (Aquí echo yo la siesta).

PEPITO.	Veinte, que vienen a ser ochenta, porque el público hace repetir todas las piezas tres o cuatro veces.

MEL.	Ay, yo me muero por la música clásica.

HILARIO.	(Me parece que hoy me muero yo también).

PEPITO.	La primera es del maestro Zambornback y pertenece al género imitativo. Verán ustedes. *El viaje de placer. Sinfonía histórica.* Es un cuadro de costumbres de la época de ustedes. Primer tiempo: variable. Alegro triste. Reunión de viajeros acompañados de sus amigos y familias en la estación del ferrocarril. Despedidas, abrazos, lagrimones y besuqueo, todo imitado por la orquesta con tal perfección que no hay más que ir leyendo el programa para comprender lo que es aquello. Segundo tiempo: revuelto. Andante. Echa a andar el tren. Aquí la música imita el silbato, el color del humo y hasta el olor del carbón de piedra. Tercer tiempo: sereno. *Scherzo*. Merienda da viajeros. Detalle puramente bucólico. La música va expresando lo que come cada uno y describiendo el salchichón, los pollos asados, las galletas y el frasco del vino. Hay compases que se mascan realmente y que no tiene uno más remedio que tragar. Cuarto y último tiempo: nublado. Final. Robo del tren por una partida de ladrones. Lucha encarnizada por ambas parles y explosión de la máquina.

HILARIO. ¡Magnífico! ¡Magnífico!

PEPITO. ¡Silencio!, que ya están ahí los profesores. (Salen los profesores. Música en la orquesta).

ÁNGEL. Por lo visto van a tocar algo de Wagner.

PEPITO. ¡Wagner! ¡Wagner! ¡Ese era un pobre melodista! Un imitador servil de Bellini!—Ya van a empezar! Ya van a empezar.

UN VENDEDOR. (Pasando). Naranjas y algodones para los oídos. (Concierto. Música. D. Pepito hace notar a los dos matrimonios los detalles marcados en el programa. A los disparos del final salen todos huyendo).

CUADRO OCTAVO

Un café. Sobre una de las puertas, un letrero que dice: Dormitorios.

ESCENA VIII
D. PEPITO, DOÑA MELITONA, INOCENCIA, D. HILARIO y ÁNGEL.

PEPITO.   Entremos en este café. Aquí pueden ustedes descansar y reponerse del susto.

HILARIO.   ¡Calle! Un café desierto.

ÁNGEL.   Por lo visto, los madrileños han dejado al fin la costumbre de perder el tiempo en el café, discutiendo sobre política y arreglando el mundo a su capricho.

HILARIO.	¡Gracias a Dios que encontramos un adelanto verdadero!
ÁNGEL.	¡Dormitorios! Diga usted, ¿quién duerme ahí?
PEPITO.	Los parroquianos que se pasan aquí la vida. Así se evitan la molestia de ir a su casa, y lo hacen todo sin salir del café.
ÁNGEL.	Por el camino que íbamos y en un siglo, no es extraño que se haya llegado a esto.
PEPITO.	Todavía no se han levantado sin duda.
UN MOZO.	¿Van a tomar ustedes algo?
HILARIO.	Hombre, sí. ¿Qué podemos tomar, don Pepito?
MEL.	Algún refresco.
ÁNGEL.	Café.
PEPITO.	¡Qué! ¡No señor! Cerveza. Traiga *usté* cerveza. Ahora las per-

sonas decentes, no toman otra cosa que cerveza.

HILARIO. No es cosa que me gusta mucho, pero, puesto que no hay otro remedio, seamos personas decentes.

PEPITO. ¿Dónde quieren ustedes que vayamos desde aquí?

MEL. Yo, si hemos de ir a paseo y al teatro, necesito ante todo comprarme unos guantes.

ÁNGEL. Nosotros también tenemos que hacer algunas comprillas.

PEPITO. Pues lo mejor será que vayamos al Bazar de la Unión, donde encontraremos de todo. Así verán ustedes un establecimiento a la moderna.

MEL. En nuestros tiempos, había en Madrid uno con ese nombre.

PEPITO. La casa es la misma, pero ha prosperado tanto, que siendo estrecho para ella su primitivo local, tiene hoy otro mucho más grande en el nuevo centro de Madrid. Vaya, aquí está la Cerveza. (Sale el mozo con unos enormes tubos de cristal y un jarro cilíndrico de metal blanco con tapa y asa). ¡Quietos!, ¡quietos! Yo serviré a ustedes. (Les sirve un líquido negro).

ÁNGEL. ¿Pero qué cerveza es esta, hombre de Dios?

PEPITO. Amigo mío, esta es la única bebida que toman ahora las personas elegantes: lo que en el siglo pasado se llamaba «La reina de las tintas.»

MEL.   ¡Qué horror!

INOC.   ¡Uf!, ¡qué asco!

HILARIO.   Llévese *usté* esa porquería.

ÁNGEL.   ¡Nos han tomado por calamares!

MEL.   Vámonos, vámonos al bazar de la Union.

PEPITO.   Cuando ustedes gusten. (Saca del bolsillo una tira de papel enrollado, el mozo toma una punta, se separa algunos pasos, D. Pepito corta un gran trozo y se guarda el resto). Toma, y quédate con la vuelta. (Vanse todos).

CUADRO NOVENO

Caprichosa decoración que representa un enorme escaparate en una tienda de juguetes. Detrás de un arco formado por tambores, raquetas, cajas de lotería, etc. etc., etc., aparece un paisaje con casas y árboles de madera y molinos de cartón.

ESCENA ÚLTIMA
D. PEPITO, DOÑA MELITONA, INOCENCIA, D. HILARIO y ÁNGEL

PEPITO.   Esta es la exposición de juguetes fabricados para los niños del siglo veinte. Vamos a hacer nuestras compras. (Entran por la derecha). (Baile de juguetes animados. Bebés, muñecas de goma y de goznes, arlequines, conejos, perros de aguas, soldados de madera, etc., etc. Al final, los arlequines bailan en el aire y salen unos grandes muñecos de las cajas llamadas de sorpresa).

FIN DEL ACTO SEGUNDO

ACTO TERCERO

CUADRO NOVENO[3]

Un paseo.—Árboles raquíticos y cuadros de musgo.—En el centro, la estatua de un torero.- —A los lados, dos municipales de cartón.

ESCENA PRIMERA

SEÑORAS y CABALLEROS; luego DOÑA MELITONA, del brazo de D. HILARIO seguidos por el CORO DE SIETEMESINOS, niños de cinco o seis años en traje de hombre, con sombrero alto, lentes y fumando grandes puros.

---

[3] Los autores cometen aquí un error, vuelven a indicar Acto Noveno cuando debería ser el Décimo.

MÚSICA

CORO.   Cuando el sitio es espacioso,

parecía natural

que a su gusto paseara

el que sale a pasear;

mas la moda nos obliga

a venir todos acá,

y en un palmo de terreno

a dar vueltas sin cesar.

(Empiezan a dar vueltas en un espacio muy reducido, lo más apiñados que puedan).

Tan apretaditos

vamos por aquí

como las sardinas

dentro del barril.

No es muy agradable

pasear así,

pero así pasean

todos en Madrid.

SEGUNDA COPLA.

Un vestido de señora

que ha costado un dineral,

a las cuatro o cinco vueltas

no se puede ni mirar;

pues, siguiendo la costumbre,

en paseo todos van

arrimados a la cola

sin poderlo remediar.

(Repiten el juego anterior y

se reparten por el foro).

Tan apretaditos

vamos por aquí, etc.

HILARIO. (Saliendo). ¡Caramba con los niños!

¡Me voy cargando ya!

MEL.   A mí me han hecho gracia

con su precocidad.

SIETEMESINOS. (Tomando actitudes impertinentes, requebrando a doña Melitona y muy marcado).

¡Monísima!

¡Monísima!

¡Preciosa! ¡Celestial!

¡Guapísima!

¡Guapísima!

¡No he visto nada igual!

¡Ay! ¡Ay! ¡Ay!, ¡cómo me mira!

¡Ay! ¡Ay! ¡Ay!, ¡ya la fleché!

No hay quien pueda con nosotros

conquistando a una mujer.

Yo soy fosfórico,

yo soy volcánico

cuando una prójima

me mira así.

Yo soy malévolo,

yo soy satánico,

soy Mefistófeles

pitiminí.

***

HABLADO

HILARIO. ¡Vaya!, ¡niños! ¡Andando, que si me canso yo, empiezo a puntapiés con todos!

SIET. 1.º ¡Caballero, *usté* nos falta!

HILARIO. ¡Vaya *usté* a la escuela, monigote!

SIET. 1.º ¡Tome usté mi tarjeta! Nos veremos! (vanse).

HILARIO. ¡Esto es insoportable, Melitona! Cuando no son niños los que nos siguen, son grandes. Siempre hemos de llevar escolta.

MEL. ¿Y qué voy a hacerle yo? ¿Tengo la culpa acaso de gustarle a todo el mundo?

HILARIO.	Sí la tienes, porque en vez de venirnos a pasear a un sitio tan público, donde abundan los osos como en nuestro tiempo, podíamos ir a un paseíto retirado.
MEL.	Vete tú, que ya estás mandado retirar. Yo por mi parte quiero disfrutar de mi juventud.
HILARIO.	¡Valiente juventud! ¿Te olvidas, desdichada, de que tienes ciento cincuenta y tres años!
MEL.	¡Calla, imprudente!
HILARIO.	¿Te olvidas de que eres una momia?
MEL.	¿Y tú qué eres?
HILARIO.	¿Yo?... ¿Un *momio?*
MEL.	¡Bonito *momio!* ¿Has creído tal vez que porque tú estés hecho un mamarracho...

HILARIO.	Gracias.
MEL.	¿Voy a estarme encerrada, en casa sin que nadie me vea? ¿Para qué he comprado esta cara? ¡Para lucirla! Y en lugar de sentir esos celos ridículos, lo que debías es estar orgulloso de tener una esposa como yo. ¡Una mujer con una cara tan linda!
HILARIO.	Pues por eso lo aguanto todo: por tu linda cara. ¿No lo has conocido todavía? ¿Será menester que te confiese que estoy enamorado de ti? Sí, enamorado; enamorado como la tórtola de los valles, como el ruiseñor de las selvas, como la mariposa de las flores, como la abeja del romero, como la golondrina de su nido.

MEL.   (¡Pobrecillo!) ¿De veras? ¿Me quieres mucho?

HILARIO.   ¡Mucho! Como la chucha al chucho.

MEL.   Pues mira, la manera de demostrármelo es ser sumiso, adivinarme los deseos y hacer cuanto yo te diga.

HILARIO.   Yo haré todo lo que tú quieras, Melitoncita. Seré fiel como un perro de aguas, amante como una paloma y dócil como un borrego, aunque me esté mal el decirlo.

ESCENA III[4]

DICHOS y D. PEPITO

PEPITO. ¡Albricias, amigos míos, albricias! Se nos presenta un negocio soberbio.

HILARIO. ¿Qué negocio?

PEPITO. El de la exposición de ustedes. Se prepara una gran entrada para la primera función.

MEL. Y ¿cuándo hacemos nuestro *debuto*!

PEPITO. ¡Dentro de breves horas, hermosísima criatura!

HILARIO. ¡Don Pepito, don Pepito!

PEPITO. ¿Qué?

HILARIO. Que... que me alegro del negocio que vamos a hacer.

---

[4] Aquí se produce otra errata por parte del autor. Debería ser Escena II en lugar de III. El error se transmite en la numeración del resto de escenas de la obra.

MEL.	¿Y dónde ha dejado *usté* al músico y a su señora?
PEPITO.	Siguen buscando casa y han quedado en venir aquí para que vayamos juntos al teatro.
MEL.	Dígame usté, don Pepito, ¿de quién es esa estatua?
HILARIO.	Por el tamaño, debe ser de un grande hombre.
PEPITO.	¡Ya lo creo! Es la estatua del Guachi, un célebre torero que murió recibiendo un toro... y una cornada.
HILARIO.	Dígame usted: ¿y las de Mendez-Núñez y Bretón, llegaron a levantarse?
PEPITO.	No, todavía no, pero ya están proyectadas hace más de un siglo.

ESCENA IV

DICHOS, INOCENCIA y ÁNGEL

PEPITO. Aquí están nuestros compañeros.

MEL. ¿Encontraron ustedes casa?

ÁNGEL. ¡Señora, no nos hable usted de las casas! Ya no hay casas; no hay más que unas cajas de hierro, donde dicen que se puede vivir.

PEPITO. Y donde se vive perfectamente. ¿Para qué aquel terreno desaprovechado de las casas de otro tiempo? Hoy los solares cuestan un dineral y es preciso reducirse.

ÁNGEL. ¡Pero hasta qué extremo! ¡Cada inquilino tiene una sola habitación de dos varas en cuadro, y allí tiene que hacerlo todo! Las paredes están llenas de resortes complicadísimos para sacar cuanto uno necesita...

PEPITO. ¿Y quiere *usté* nada más cómodo?

ÁNGEL. Sí, muy cómodo. A lo mejor se equivoca *usté* de resorte, como nos ha sucedido a nosotros, y queriendo sacar la cama, sale un chorro de agua fría que le pone como nuevo. ¡Oh! ¡Es muy hermoso! ¡Muy hermoso!

PEPITO. Es hermosísimo. La civilización ha llegado a hacer inútiles aquellos seres de que tanto se quejaban ustedes: los criados de servir.

MEL. ¡Cómo! ¿Ya no hay criados?

HILARIO.   ¿Ya no hay criadas?

PEPITO.   No, señores, no. Ya no encuentra *usté* un ayuda de cámara por un ojo de la cara, ni una doncella para un remedio. Ahora todo se hace con máquina.

ÁNGEL.   ¿Todo?

PEPITO.   Todo. Las tenemos para cuantas cosas puedan ocurrirse.

***

MÚSICA

Existe una máquina

que corta el cabello,

que riza y afeita

por poco dinero,

y luego pregunta

con gran cortesía:

«¿Va usted a dejarse

bigote o perilla?»

Mentira parece

pero es la verdad:

aquí se hace todo

con máquina ya.

TODOS.   ¡Qué espantoso ruido!

¡Qué ferocidad!

Traca, traca, traca,

triqui, triqui, tra.

PEPITO.   Hay otra, señores,

que es ama de cría,

que arrulla a los niños

los duerme y los cuida;

los lleva a paseo,

los viste y los limpia,

y cuando son malos

les da una azotina.

Mentira parece, etc.

***

HABLADO

PEPITO. Pero nos estamos aquí con mu cha calma, ya va a ser la hora del teatro y yo tengo que vestirme.

HILARIO. *¿Usté* trabaja?

PEPITO. En la primera función.

MEL. ¿Y a qué hora empieza?

PEPITO. A las ocho. Ya deben ser...

HILARIO. ¡No! ¡No saque usted el reloj! Son poco más de las siete y media.

PEPITO. Hay funciones cada cinco minutos, y así se hacen cincuenta representaciones diarias en poco más de cuatro horas. La gente se aburría de pasar tanto tiempo en el teatro, y estas funciones por minutos están dando gran resultado.

ÁNGEL.   Apuradillo se verá *usté* para dar variedad a tantas funciones. Serán muchos los autores que le den obras.

PEPITO.   No señor, ninguno: no hacen falta autores desde que se ha inventado la máquina de hacer comedias.

ÁNGEL.   ¡También para eso!

HILARIO.   ¡Sí, hombre, para todo!

ÁNGEL.   ¡Qué horror!

PEPITO.   Y esta es sencillísima. Se reduce a una gran caldera de vapor. Se echan en ella dos onzas de argumento, medio adarme de gramática castellana y un escrúpulo de sentido común; se revuelve todo con un picadillo de obras francesas y chistes usados, y sale la comedia en disposición de ser servida al público.

ÁNGEL.   ¿Y salen originales?

PEPITO.   ¡Ya lo creo! ¡Y tan originales! No se parecen a nada.

HILARIO.   Observo que no entra nadie en el teatro.

PEPITO.   Le diré a *usté*, la gente de buen tono viene cuando va a acabarse la función. Presenta su billete, molesta a los demás concurrentes y se vuelve a su casa. El llegar a tiempo, el enterarse de la comedia, es cosa que no hace más que la gente ordinaria.

HILARIO.   *Verbi gracia*, como nosotros.

ESCENA V

DICHOS, CABALLEROS 1.º y 2.º,

luego parte del CORO.

CAB. 1.º   (Encontrándose con el 2.º) ¡Por fin le echo a *usté* la vista encima, tunante! ¡O me paga *usté* o le rompo el alma!

CAB. 2.º   ¡Insolente! (Se dan dos bastonazos).

MEL.   ¿Qué es eso?

PEPITO.   Lo de siempre: un español que se ha encontrado con un inglés. (Acude gente y forma un corro cruzada de brazos alrededor de los combatientes).

HILARIO.   Ahí tiene *usté*. Eso, nunca pasaba en mis tiempos.

CAB. 1.º	¡Pillo!
CAB. 2.º	¡Bribón!
CAB. 1.º	¡Tramposo!
UNA VOZ.	¡Que se matan!
MEL.	¡Pero hombre! ¿No hay por aquí policía? ¿Qué hacen ahí esos guardias?
PEPITO.	¿Esos guardias? ¡Si son pintados, señora! Están ahí para inspirar respeto a la autoridad. Antes los teníamos de carne y hueso y hacían el mismo servicio.—¿Ve usté? (Se retiran por opuestos lados los Caballeros 1º y 2º, cojeando el uno y el otro con las manos en la cabeza). Ya se han cansado de pegarse. Si es lo mejor; estas cosas, dejarlas.
HILARIO.	En mis tiempos, ahora llegarían los guardias.

CUADRO DÉCIMO

Un teatro *Guignol*

ESCENA VI
CORO DE ALABARDEROS

MÚSICA

Somos la compañía de alabarderos,

somos la claqué;

somos los que aplaudimos todas las obras

sin vacilar.

Firmes en nuestros puestos con admirable

resolución,

siempre para la empresa fuimos la tabla

de salvación.

Y todos aplaudimos

con entusiasmo igual

una obra de gran mérito

y una barbaridad.

Si el público se calla,

se aprieta un poco más;

pero si al fin chichea

paciencia y a callar.

2.ª

A la primera dama, versos y flores

hay que arrojar...

siempre que ella los pague de su bolsillo

particular.

Hay que aplaudir furiosos al eminente

primer actor...

y si este es empresario, será el aplauso

mucho mayor.

Un bravo dado a tiempo

provoca veinte más,

pero otro inoportuno

provoca un huracán.

Y armada la batalla

con fuerza hay que luchar,

nosotros aplaudiendo,

silbando los demás.

(Silban y aplauden a la vez.

Se colocan a los lados).

ESCENA VII

DICHOS, DOÑA MELITONA, INOCENCIA, D. HILARIO y ÁNGEL; en seguida D. PEPITO y los otros dos actores en el escenario, vestidos de polichinelas y con guantes de madera.

HABLADO

ÁNGEL. ¡Hombre!, ¿no hay asientos para el público?

HILARIO. Como son tan cortas las funciones, no hacen maldita la falta.

ÁNGEL. Silencio, que van a empezar. (Se levanta el telón y aparecen sucesivamente los personajes de la pieza que representan: Juanita, Juanito y el Alcalde).

JUANITA.	Ya tengo migada la sopita para Juanito. ¡Cuánto me quiere! Desde que nos casamos, no me ha dado un disgusto. ¡Ay, qué gusto es estar casada! ¡Qué gusto! ¡Qué gusto! ¡Uy!, ¡uy!, ¡uy!
JUANITO.	Juanita, ábreme la puerta.
JUANITA.	Allá voy, maridito mío.
JUANITO.	¡Cuánto te quiero! Dame un besito.
JUANITA.	Toma dos... ¡Uy!, uy, qué regalo!
JUANITO.	¡Uy! ¡Uy! ¡Uy!, ¡qué regalo! (Abrazándose con grandes extremos)
JUANITA.	¡Quita!, quita, cochino, que hueles a vino. Habrás estado en la taberna. A ver el jornal.
JUANITO.	Me lo he gastado; uy, uy, ¡qué regalo!

JUANITA.	¡Bribonazo!, ¡holgazán!, ¡pillo!
JÜANITO.	No me insultes, que te voy a pegar una paliza.
JUANITA.	¿A que no?
JÜANITO.	¿A que sí?
JUANITA.	¿A que no?
JÜANITO.	¡Toma!, ¡toma!, ¡toma!
JUANITA.	¡Ay, ay!, ¡ay!
JUANITO.	¡Uy!, ¡uy!,¡ uy!, ¡qué regalo!
JUANITA.	¡Socorro, vecinos, que me matan!
ALCALDE.	Aquí está la justicia.
JUANITA.	Favor, señor alcalde, que me mata mi marido.
ALCALDE.	¡Bribón!, ¡cómo se entiende! ¡Pegar a su mujer! ¡Toma!
JUANITA.	¿Por qué pega usté a mi marido? ¡El bribón lo será *usté!* ¡Toma, toma, toma! (Juanito y Juanita pegan al Alcalde, que

se defiende contra los dos; aplauden los Alabarderos y baja el telón).

ALABARDEROS. ¡Los actores! ¡Los actores! (Haciéndolos salir tres o cuatro veces, para lo cual sube y baja otras tantas el telón).

ÁNGEL. ¡Dios mio! ¡A lo que ha quedado reducido el teatro español!

CUADRO UNDÉCIMO

Interior de la barquilla de un globo

PEPITO. ¡Adentro! (Entrando por la borda de la izquierda). ¡Adentro sin miedo!

HILARIO. ¡Pero hombre, esto me parece uno locura!

ÁNGEL. Una verdadera locura. Para ir a casa de *usté*, ¿qué necesidad tenemos de remontarnos por los aires?

PEPITO. Ninguna; pero he querido que disfruten ustedes de todos los adelantos que ofrece mi siglo. Descubierta la dirección de los globos, ningún medio más cómodo de locomoción. Nos elevaremos un poco, y después ire

mos a caer junto a mi casa.

HILARIO. ¿A caer? Mejor será que no cai-

gamos.

PEPITO. Ya nos ponemos en movimiento.

LOS CUATRO. ¡Ay! (Echándose las manos al

estómago).

PEPITO. Qué impresión tan agradable,

¿eh?

LOS CUATRO. ¡Mucho! Mucho!

PEPITO. Vengan ustedes a ver Madrid a

vista de pájaro.

HILARIO. Sí, ya que nos hemos lanzado a

esta aventura, disfrutemos del

espectáculo.

LOS CUATRO. ¡Aaaaay! (Se aproximan a la

borda cogidos de las manos y

retroceden llenos de terror).

HILARIO. ¡Se me va la cabeza!

TODOS.	Y a mí.
PEPITO.	Venga *usté* y admire con este anteojo las maravillas celestes.
HILARIO.	Hombre, sí; veamos las maravillas. (Se acerca al anteojo y mira). No veo más que una cosa muy negra... muy negra.
PEPITO.	¿No ve *usté* las estrellas? ,
HILARIO.	No señor.
PEPITO.	¿Que no las ve usté? (Acercándose bruscamente a arreglar el anteojo y pisándole).
HILARIO.	Ay, sí señor. ¡Ya he visto las estrellas!
PEPITO.	Comprendo que no vea *usté* nada. Hay un nubarrón tremendo.
MEL.	Yo me siento... (sentándose en el suelo). Me siento morir.

(Trueno lejano).

PEPITO. ¡Canastos! ¡Me parece que la *tempesta e vicina*!

ÁNGEL. ¿Ha sido un trueno?

PEPITO. ¡Sí, señor, desgraciadamente!

HILARIO. ¡Cómo desgraciadamente!

PEPITO. Hágase *usté* cargo... Un temporal a estas alturas... (otro trueno).

MEL. Pero ¿hay peligro?

PEPITO. ¡Figúrese *usté*!

MEL. ¡No quiero figurármelo!

HILARIO. ¿Y se pierden muchos globos?

PEPITO. Sí, señor, muchos. Hoy precisamente se han tenido noticias de uno que se perdió el mes pasado. Los viajeros llegaron a un extremo horrible, a no tener que comer.

MEL. ¿Y quién tiene apetito en estos momentos?

PEPITO.	Pues ellos lo tuvieron y se comieron los unos a los otros.
ÁNGEL.	¡Qué horror!
HILARIO.	Si liega ese caso, de poco voy a servir a ustedes, porque yo tengo muy poco que comer. (Prevengámonos con tiempo).
INOC.	¿Y tú serías capaz de comerme?
ÁNGEL.	¿No te lo he dicho mil veces? ¡Sí!, te comería. (Trueno).
INOC.	¡Ay! ¡Ángel mio! Moriremos juntos.
ÁNGEL.	Mejor será que podamos evitarlo. (Trueno espantoso).
LOS CUATRO.	¡Santa Bárbara bendita que en el cielo estás escrita con papel y agua bendita! (Otro trueno y rayo).
TODOS.	¡Ay! (Caen rodando per el suelo).

CUADRO DUODÉCIMO

La bodega del segundo acto

ESCENA VI

DOÑA MEI.ITONA, INOCENCIA,

HILARIO Y ÁNGEL.

HILARIO.   ¡Dichoso viaje!

ÁNGEL.   ¡De buena hemos escapado!

MEL.   A mí todavía me tiemblan las carnes.

HILARIO.   A mí me temblarían también, si las tuviera.

ÁNGEL.   Si no llega a enredarse el globo en aquel tejado, a estas lloras estábamos en el otro mundo.

HILARIO.   Y para consuelo, dentro de pocos instantes, apenas venga don Pepito, nos llevarán a la exposición de objetos raros, de que formaremos parte.

ÁNGEL. ¡Eso es verdaderamente horrible!

INOC. Y bochornoso.

MEL. Pues a mí no me disgusta que me enseñen.

HILARIO. Es claro; tú, desde que tienes esa cara, quieres que te vea todo el mundo. Pero yo no. Yo estoy desesperado: yo aborrezco cuanto me rodea.

ÁNGEL. ¡Y yo!

INOC. ¡Y yo!

ÁNGEL. Daría lo que no tengo por verme otra vez en aquel siglo de que tanto renegábamos.

HILARIO.   Amigo mío, *usté* piensa como yo: *usté* es un hombre de talento.

ÁNGEL.   ¡Ay! ¡Qué tiempos los nuestros tan hermosos!

ESCENA VII

DICHOS, D. PEPITO

PEPITO.   ¿Qué es eso? ¿Ya se están uste-
                des quejando de estos tiempos

HILARIO.   Sí señor; en los nuestros se vi-
                vía mucho mejor.

MEL.   Todos los viejos decís lo mis-
                mo.

PEPITO.   Esas son exageraciones. ¿Por
                qué se vivía mejor en los tiem-
                pos de ustedes?

HILARIO.   Por todo, hombre, por todo.
                Oiga *usté* lo que pasaba en mis
                tiempos.

PEPITO.   Vaya, este viejo nos va a soltar
                unas cuantas bolas.

                ***

MÚSICA[5]

HILARIO.   Los ministros, velando

por el bien del país,

solamente pensaban

en hacerle feliz.

Trabajaba la gente

con constancia y ardor,

y no había ni un vago

en la Puerta del Sol.

En millones nadaba

el tesoro español.

Cada dos o tres días

se pagaba el cupón.

¡Qué inocente vida!

¡Qué felicidad!

¡Qué tiempos aquellos!

¿Cuándo volverán?

El respeto a lo *ageno*

---

[5] Véanse las notas al final.

en Madrid era tal,

que las casas abiertas

se podían dejar.

Y si acaso ocurría

algún robo casual,

ni una vez el ratero

se llegaba a escapar.

Pero había tan pocos,

que en más de una ocasión

se cerró el Saladero[6]

por no haber ni un ladrón.

¡Qué inocente vida!, etc.

HABLADO

MEL.   ¿Conque nos vamos ya a la exposición?

PEPITO.   No señora; la exhibición de ustedes se retrasa hasta mañana.

---

[6] Saladero. Terrible cárcel que existió en Madrid en la plaza de las Salesas. Se cerró cuando se hubo construido la Cárcel Modelo, situada en el solar que alberga ahora el Cuartel General del Aire.

MEL.	¡Cómo!
INOC.	¿Por qué?
HILARIO.	¿Pues qué ocurre?
PEPITO.	Vengo de las Cortes, donde se ha armado un alboroto mayúsculo.
HILARIO.	¡Un alboroto en las Cortes! Ahí tiene *usté*, eso no pasaba nunca en mis tiempos.
PEPITO.	Pues lo ha habido, y gordo, a consecuencia de haberse recibido una noticia muy grave.
MEL.	¿Sí?
ÁNGEL.	¿Cuál?
PEPITO.	En La Mancha se ha levantado una partida carlista.
HILARIO.	¿Carlistas todavía? ¿Vive todavía Carlos sétimo?
PEPITO.	No, señor; ahora defienden a Carlos nono.

HILARIO.   Pero ¿han vencido alguna vez?

PEPITO.   ¡Nunca! Pero ellos siguen contando y llegarán a defender a Carlos ciento. Las oposiciones han sabido aprovecharse de las circunstancias y han derribado al ministerio. Con este motivo, hay por ahí...

HILARIO.   Sí, alarma y temores de algún jaleíto, ¿eh?

PEPITO.   Ca, no señor; alegría general, iluminación espontánea.

HILARIO.   ¿Es posible? ¡La gente se alegra cuando cae el ministerio!

PEPITO.   Sí, señor.

HILARIO.   Ahí tiene *usté*, eso tampoco pasaba en mis tiempos.

PEPITO.   Como todo Madrid se dedica hoy a ver las iluminaciones, he creído oportuno dejar para mañana el espectáculo de nuestra exposición. Así pues, ya no necesitan ustedes por ahora ponerse los trajes antiguos, ni *usté* quitarse esa cara tan bonita.

MEL.   ¡Cómo quitarme esta cara?

PEPITO.   Es natural, para ponerse la antigua.

MEL.   ¿Qué dice este hombre!

PEPITO.   La verdad. Esa es una cara de este siglo, y lo que hemos prometido al público es enseñarle cuatro del siglo pasado.

HILARIO.   ¡Mi mujer no se quita esa cara ni hoy ni nunca! ¡Pues no faltaba más!

MEL.   ¡Tienes razón; protege mi belleza, Hilario mío!

HILARIO.	(Me ha llamado Hilario suyo. ¡Soy feliz!) Nada temas, yo te defiendo. ¡Quitarse esa cara! ¡De ninguna manera!
PEPITO.	Comprendo perfectamente lo doloroso que será para *usté* perder una cara tan bonita...
HILARIO.	(¡Vuelta a los piropos!)
PEPITO.	Pero es preciso cumplir con el público, y para enseñarle una cara bonita del siglo pasado, ya tenemos la de esta señorita. (Por Inocencia).
ÁNGEL.	(Dale con los requiebros!) ¡Ea! Ya me cargué yo. Caballerito, le advierto que no estoy dispuesto a tolerar que eche *usté* flores a mi esposa, y que por no ir con *usté* a la exposición ni a ninguna parte, decido desde este mo-

mento emanciparme de su tutela y vivir como Dios me dé a entender. ¿No están ustedes conformes?

MEL. Nos emancipamos.

INOC. Nos emancipamos.

PEPITO. ¡Don Hilario, por Dios! Que me pierden ustedes. Busquemos el medio de transigir.

MEL. Transijamos, pero con esta cara...

HILARIO. Sí, sí, con esta, que con la otra tampoco transijo yo.

PEPITO. Ustedes, por lo visto, están disgustados con las costumbres modernas. Pues hay un medio para que sigan viviendo sin renunciar a las suyas y sin renunciar al negocio. Ustedes estarán a mi disposición para exhibirse

una hora cada dia, y las veinti-
trés restantes pueden pasarlas
en el Madrid antiguo, que aún
no han visitado y que continúa
como en sus tiempos, salvo algunos adelantos que no les des-
agradarán.

HILARIO.   ¡Es posible!

ÁNGEL.   ¿De veras?

PEPITO.   Como ustedes lo oyen. Allí hay
todavía casas de huéspedes a
seis reales con principio, simo-
nes terrestres a peseta la carre-
ra, baños de chorro por los
mangueros de la Villa y faroles
de gas para conservar la oscu-
ridad durante la noche.

ÁNGEL.   ¿No nos engaña *usté*?

HILARIO.   ¡Qué felicidad!

INOC.   Eso es lo que nosotros deseábamos.

ÁNGEL.   ¿Y existe todavía la calle de la Comadre?

PEPITO.   Existen todas y van ustedes a verlas ahora mismo. Vamos a embarcarnos a la Puerta del Sol.

Los CUATRO.   ¿A embarcarnos?

PEPITO.   Sí, señores, a embarcarnos. Madrid es puerto de mar.

HILARIO.   ¿Se cumplió la profecía de aquella zarzuela: «Convertiré en puerto la Puerta del Sol?»

PEPITO.   Exactamente.

MEL.   Habrán ustedes traído un brazo de mar.

PEPITO.   No señora, hemos traído un muslo, que es más gordo.

MÚSICA

TODOS.   Marchémonos ya,

salgamos de aquí.

¡Vamos a admirar

el viejo Madrid!

CUADRO ÚLTIMO

La Puerta del Sol convertida en puerto de mar. Varios barquitos de vapor ocupan una parada de coches con la tablilla «Se Alquila». De pronto aparece el tranvía marítimo en la misma forma que el de hoy, lleno de gente y en los asientos de la parte superior los cinco personajes.

MÚSICA

DOÑA MELITONA, INOCENCIA,
D. HILARIO y ÁNGEL

Me recuerda mis tiempos ver la Puerta del Sol; un aplauso, señores, y que baje el telón.

PEPITO.   Les recuerda sus tiempos, etc.

FIN DE LA ZARZUELA

NOTAS

1ª. En Madrid, el público ha exigido todas las noches la repetición de estas coplas y alguna nueva. Entre otras, se han cantado las siguientes, improvisadas en su mayor parte por el mismo actor, Sr. Suárez, encargado del papel de D. Hilario.

> Los maestros de escuela
>
> lo pasaban muy bien
>
> y cobraban dos pagas
>
> el primero de mes.
>
> Cuando a los panaderos
>
> les pesaban el pan,
>
> les hallaban libretas
>
> con diez onzas de más.
>
> Se negaban los hombres.
>
> a mandar la nación,

y por no ser ministro

uno se suicidó.

Los mangueros regaban

con cuidado ejemplar,

y en verano ni un perro

llegó nunca a rabiar.

Solo había un partido

cuando yo me dormí

y de paz envidiable

disfrutaba el país.

El gobierno no echaba

ni una contribución,

y en los ferrocarriles

nadie descarriló.

Nunca allí las mujeres

se pintaban la piel,

ni gastaban postizos

de pelote y crepé.

Un buen traje costaba

cinco duros o seis,

y duraban las modas

ocho años o diez.

Si la guardilla un pobre

no podía pagar,

el casero le daba

gratis el principal.

La cultura del pueblo

a tal punto llegó,

que en la plaza de toros

no sonaba una voz.

Si una pica ponían

con torcida intención,

no se oía ya aquello

de «cobarde!» y «tumbón!»

Y si acaso un torero

degollaba una res,

le decía la gente:

—¡Qué le vamos a hacer!

Si un pleito al mediodía

se llegaba a entablar,

a las dos de la tarde

acabábase ya.

Ni una rifa siquiera

en Madrid se fundó,

y hasta a la lotería

se perdió la afición.

No hubo nunca en Correos

una equivocación,

ni mandaron a Chile

cartas del interior.

En los tiempos dichosos

en que yo me dormí

el actor en España

era un hombre feliz.

En la vida a un cantante

se obligó a componer

y a cantar seguiditas

ocho copias o diez,

porque el público entonces

exclamaba a una voz:

«Basta, basta! Dejadle!

Que va a echar el pulmón!»

2º Para la representación de esta obra es indispensable el permiso de los autores[7].

3.º La casa editorial de D. Andrés Vidal (hijo) ha adquirido la propiedad de reproducción para canto y piano, piano solo y demás instrumentos, de la música de *El siglo que viene*.

4º. D. Francisco Sedó, que vive en la calle de la Greda, 32, piso cuarto, es la única persona autorizada por el maestro Caballero para hacer copias de partitura y partes de orquesta[8].

---

[7] Los derechos de este libro, como se puede imaginar, son libres desde hace muchos años.
[8] Leer nota anterior.

Libros Mablaz Ciencia Ficcion y Fantasía

http://librosmablaz.com/

Libros Mablaz CLÁSICOS de Ciencia Ficción recuperados

LM
CLÁSICOS

http://librosmablaz.com/

Libros Mablaz

Narrativa — Relatos

/www.librosmablaz.com/